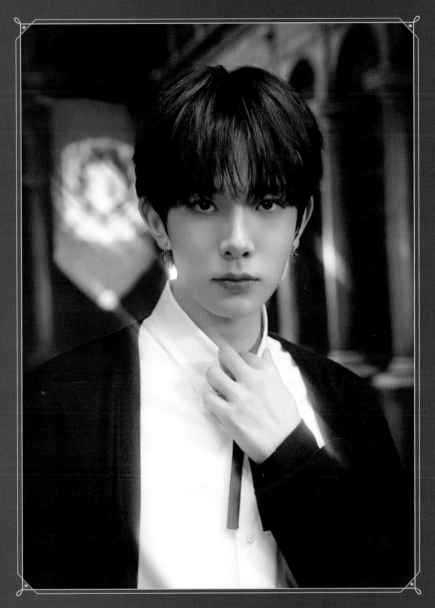

DARK MOON
달의 제단
WITH **ENHYPEN**

DARK MOON
달의 제단

WITH **ENHYPEN**

DARK MOON

달의 제단

WITH **ENHYPEN**

DARK
MOON
달의 제단

WITH **ENHYPEN**

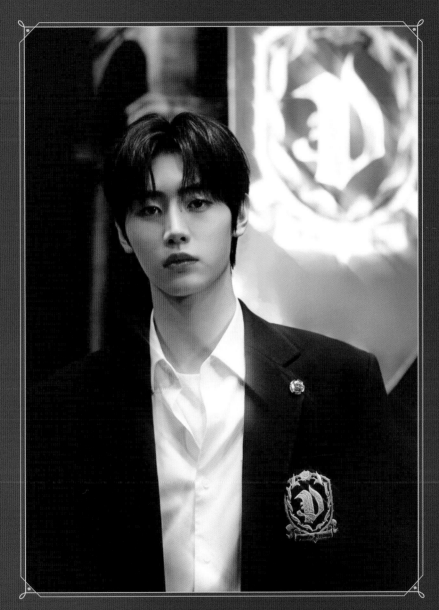

DARK
MOON

WITH ENHYPEN

DARK
MOON

WITH **ENHYPEN**

DARK
MOON

달 의 제 단

WITH **ENHYPEN**

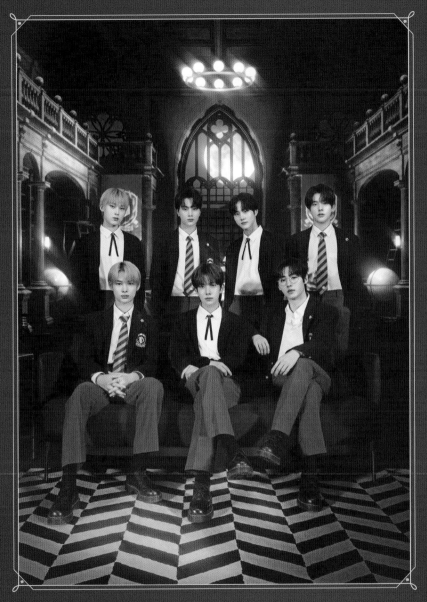

DARK
MOON
달의 제단

WITH **ENHYPEN**

WITH **ENHYPEN**

기획/제작
HYBE

공동기획

WEB
TOON

DARK
달 의 제 단
MOON

WITH **ENHYPEN**

4
WEBNOVEL

학산문화사

차 례

제 36 화

프린태니어
part 3

겉으로 보기에 몹시 엉성해 보이는 술집, 레일건은 밤이 되면 떠들썩해졌다.

스포츠 채널을 아무거나 틀어놓고 맥주를 들이켜는 곳. 밤에 잠깐 들러 한잔하고 가면 그만인 곳. 가끔 마스터가 내킬 때 나와서 바텐딩을 하긴 하지만, 그건 그저 오랜 손님들에게 즐거움을 선사하기 위함일 뿐이다. 누가 봐도 그저 상당히 분위기가 좋은 술집일 뿐이다.

레일건은 오늘도 불을 밝히고 성업 중이었다.

하지만 마스터는 아래로 내려오지 않았다.

"엥, 마스터는?"

코와 뺨이 붉은 이 동네 토박이가 지나가던 직원을 붙잡고 물었다.

"아, 마스터는 오늘 안 나와요."

"에잉, 마스터가 있어야 재미있는데."

"재미는 술이 주는 거지요, 프랑코. 한 잔 더 마셔요!"

"그건 그래."

토박이는 납작한 모자를 괜히 더 눌러 쓰며 고개를 끄덕였다.

마스터가 안 나온다 해도 어쨌든 레일건은 즐겁다. 반질반질하고 윤이 나는 계단과 바, 여러 종류의 술을 쌓아둔 진열장, 약간 시끄러운 음악 소리와 퇴근한 노동자들의 시선을 쉽게 앗아가는 스포츠 채널까지 오늘도 늘 똑같은 분위기였다.

아래층은 그러한데, 위층은 평소와는 상황이 조금 다르게 돌아갔다.

"이거 상당히 흥미로운데."

이 동네 토박이들이 다 좋아하는 레일건의 마스터는 부하가 새장에서 꺼내온 쪽지를 보며 웃었다.

'에스티발 쪽 늑대인간들과 관련된 정보라.'

절대, 절대로 다른 드리프터들에게는 새어나갈까 봐 말도 할 수 없으니 반드시 마스터가 혼자 만나달라는 애원에 가까운 암호였다. 덜덜 떨리는 필체에 그래도 용케 암호를 잘 맞춰

썼다.

마스터는 어둠이 내린 바깥을 내다보았다. 마스터가 이곳에 머무른 만큼 오래된 창문 장식 너머로 프린태니어 시의 밤이 펼쳐지고 있었다.

'요즘에는 하도 안에만 있고 직접 움직이지 않았지.'

이 정도 자리쯤 되면 수하들이 알아서 해오는 걸 훑어만 보고 승인하게 된다. 마스터의 성미에는 영 맞지 않았지만 어쩔 수 없었다.

어린 드리프터들은 경험 없이 날뛰기 일쑤였고, 좀 묵은 놈들은 묵었다고 또 제멋대로다.

마스터 정도는 되는 사람이 다섯 개 국에 퍼진 뱀파이어 세력을 통제하고 관할해야만 했다.

마스터는 시계를 한 번 힐끗 본 뒤 창문을 열었다. 그러곤 창문 아래로 뚝 떨어져 내렸다.

와자지껄한 레인건을 뒤로 하고 마스터는 걸음을 옮겼다.

새벽 3시까지 프린태니어 숲 서쪽 커다란 오크나무에서 기다리겠습니다.

뭐, 그렇게 길게 기다리게 할 거 있나. 마스터는 밤 산책 또한 좋아했다. 자주는 아니고, 가끔 해주는 건 인간들도 건강에 좋다고 하지 않던가.

마스터의 걸음은 아주 가벼웠다. 사뿐사뿐, 사람들이 없는 거리를 지나 보통 인간이라면 걸어갈 엄두도 내지 못할 거리를 표정 하나 바꾸지 않고 즐겁게 걸어갔다. 사실 마스터는 모든 걸 즐기는 편이었다.

'하긴 에스티발에서 늑대인간 배송이 늦긴 했지.'

물론 마스터는 관대하지는 않다. 갑작스러운 배송 지연도 타당한 이유가 있다면야 즐겨주겠지만 이유가 없다면 대가는 죽음뿐이다.

그리고 제보를 한 기특한 놈에게는 뭐, 피 좀 던져주면 그만이고. 드리프터라는 이름이 딱 맞는 하급 조무래기들이야 그정도로도 감지덕지할 거다.

'싹수가 있는 놈이라면 그 피를 마시고서 조금 더 위로 올라올 거고, 없으면 거기서 끝나는 거지.'

애초에 바로 윗사람을 무시하고 마스터에게 직접 고발한 놈이 윗사람을 견뎌낼 가능성은 반반이었다.

배짱만큼 실력이 있든가, 아니면 배짱이 아닌 허세에 불과

했든가.

드리프터에게 많은 걸 기대하지 않는 마스터는 콧노래를 흥얼거리며 프린태니어 시 외곽에 있는 거대한 숲으로 들어갔다.

야밤에 노래까지 부르며 숲으로 들어가는 건 미친 짓이지만, 마스터는 거리낌 없었다. 심지어 숲 안에서는 공중제비를 두 번이나 넘으며 걸어갔다.

어디선가 시선이 느껴졌다.

'어린놈인가?'

그러지 않고서야 감히 건방지게 마스터를 감시할 리가 없었다.

보통 드리프터들이야 잘 모르겠지만 마스터는 저 은밀한 시선을 바로 알아차렸다.

'뭐……, 가보면 알겠지.'

감시가 있고, 에스티발 시의 늑대인간 운송에 대한 제보를 하겠다는 놈이 또 있고. 감시까지 붙어 있어서 솔직히 기대를 했지만, 가장 거대한 오크나무까지 다다른 순간 솔직히 마스터는 적잖이 실망하고 말았다.

'평범하네.'

사시나무 떨듯이 떨고 선 드리프터가 이빨까지 딱딱 부딪치고 있었다.

그럼 진짜로 내부고발을 하려고 온 건가. 에스티발 시에 문제가 생겼다면 그건 그것대로 짜증스러웠다.

"뭔데?"

처음 보는 드리프터에게 말을 툭 던진 마스터는 높이 솟은 오크나무의 깊은 뿌리를 넘었다.

"네가 날 불렀잖아. 에스티발에 무슨 일이 생긴 건데?"

"……마스터가 보낸 겁니까?"

"그래. 뭐 그렇다 치자."

덜덜 떨고 있던 드리프터는 주변을, 아무것도 없는 게 분명한 주변을 괜히 한 번 더 살핀 뒤 목소리를 낮췄다.

"정말로 마스터가 보낸 거 맞습니까?"

이런 일은 무조건 신중하게 해야 했다. 알고는 있지만 마스터는 짜증스러웠다.

"아니면 네가 뭐 어쩔 건데?"

당장 움찔거리며 뒤로 물러나는 드리프터를 보던 마스터는 픽 웃었다.

"네가 불러놓고 말이 많아. 내가 오늘 기분이 좀 좋으니까 봐주지. 한번 말이나 해봐."

날씨도 좋고, 나름 밤 산책도 운치가 있었다. 마스터는 털어
놓으라는 듯 손짓을 했고, 그 기세가 어마어마하다는 걸 깨달
은 드리프터는 어쩔 수 없이 입을 열었다.

"에, 에스티발 물류창고에서 늑대인간들이 들어오고 있질
않습니다."

"좀 늦긴 하던데. 그래도 계속 진행될 거라며."

걱정하지 말라고 큰소리를 치길래 딱히 급한 건 아니라서 그
냥 내버려 두던 중이었다. 그래봤자 하루 이틀 정도 밀리고 말
겠지 싶었다.

"아뇨. 그게 아닙니다. 벌써 일주일 이상 밀렸습니다."

"뭐야?"

당장 마스터의 얼굴이 험악하게 굳어졌다.

쏘아지듯 나오는 기세와 위압감에 드리프터의 무릎이 달달
떨렸다. 이 정도면 눈앞에 있는 뱀파이어가 고위급이라고 봐
도 무방했다.

"하, 하역 담당 바, 반장이 거, 거짓, 거짓말하는 겁니다! 에,
에, 에스티발에 아무리 연락을 해도, 연락이 안 됩니다!"

"일레인은?"

드리프터는 울상을 지으며 고개를 저었다.

"사실이야?"

"지, 진짜입니다! 정말입니다! 그러니까 제가 목숨을 걸고 왔지요!"

"하긴 그거야 하역장 놈들을 털면 바로 나올 일이지. ……신선한 늑대인간 피 공급이 얼마나 중요한데!"

마스터는 화를 터트렸다. 그러던 와중에 고개를 휙 돌려 시커먼 나무 사이 어딘가를 응시했다.

"그런데 너, 뭘 달고 왔냐?"

"예, 예?"

마스터는 대답을 더 이상 듣지 않고 몸을 날렸다.

쾅! 부딪치는 소리에 드리프터는 히이익, 하고 나무에 기대 주저앉아 버렸다.

일단은 무조건 생포해야 해.

뛰어드는 늑대인간 소년들에게 그 점을 무조건, 다시 한번 상기시킨 헬리가 생포 대상의 움직임을 주시했다.

"거 말은 쉽지!"

나자크가 외치며 마스터에게 달려들었다.

뱀파이어 소년들이 늑대인간 소년들에게 우선권을 준 건, 에스티발 시 물류창고가 얼마나 끔찍한지 직접 목격했기 때문이었다.

늑대인간 소년들에겐 늑대인간 사냥을 지시한 이에게 복수할 권리가 충분했다. 일단 생포만 해준다면, 뱀파이어 소년들은 상관없었다.

"오, 이게 뭐람."

마스터는 눈을 빛내며 웃었다.

"늑대들이 제 발로 들어와주다니. 이렇게 고마울 데가 있나."

위험하다. 나자크는 빠르게 움식이며 적을 파악했다.

에스티발 시 물류창고를 담당하던 일레인만큼이나 강렬한 눈을 가진 여자였으나 일레인과는 비교하는 게 미안할 정도로 강한 존재인 게 틀림없었다

쾅!

당장 맞붙자마자 요란한 소리가 났다. 보통 인간이었다면 충격에 즉사했을 거다.

"꽤 실한데."

마스터는 눈을 빛내며 나자크의 '질'을 가늠했다. 철저히 늑대인간을 그저 피주머니로만 취급하는 말투에도 불구하고 늑대인간 소년들은 눈 하나 깜짝하지 않았다.

이런 뱀파이어들은 이미 너무나 많이 겪어봤다. 새삼스럽게 분노할 일도, 충격받을 일도 아니었다.

쾅!

한 번 부딪친 뒤 마스터에게서 거리를 둔 나자크와 엔지는 이곳에 빽빽한 나무를 박차고 다시 달려나갔다.

늑대들과 뱀파이어가 맞붙는다.

"……마한, 네가 갈 수 있겠어?"

아무래도 둘만으로는 부족하다. 가만히 보고 있던 칸이 에스티발 시 물류창고에 스며들었다가 붙들렸던 마한을 돌아보았다.

"마한 형은 다쳤잖아! 내가 갈래!"

타헬이 방방 뛰었지만 칸은 들은 척도 하지 않았다.

"아니, 칸. 전력을 아껴. 우리 쪽을 투입할게. 솔론."

헬리가 칸을 만류하며 솔론을 바라보았다. 그에겐 늑대인간의 피도 흐르니 늑대인간들과의 합이 잘 맞을 것이다.

솔론이 곧장 자리를 박차고 나섰다. 부상자가 벌써부터 나서는 건 안 된다.

그들은 지금 저 마스터인지, 혹은 마스터의 수하인지 모를 자를 생포하는 데 최소한의 힘만 들여야 했다.

"이건 또 뭐야?"

갑자기 뛰어든 푸른 늑대의 등장에 마스터가 눈을 가느스름하게 떴다. 그녀는 그러면서도 속도를 늦추지는 않았다.

"오랜만인데."

솔론은 분명히 그녀의 말을 들었다.

"아주 오랜만이야."

그녀는 솔론을 보며 옛 기억을 더듬는 것 같았다. 추억을 회상하는 것도 같았다.

"아주 똑같네."

그 와중에도 마스터는 공격을 재빠르게 막아냈다. 막아내고, 피했다. 강력한 늑대 셋이 덤벼드는데도 그렇게 멀쩡할 수가 없었다.

"그때도 놓쳐서 제대로 확인을 못 했는데, 그때와 똑같은 놈인가?"

순식간에 솔론의 머리가 하얗게 비었다.

'그때도 놓쳤다'니.

반사적으로 비명 소리가 가득하던 밤필드 보육원의 마지막 밤이 떠올랐다.

그곳에서 도망친 건 일곱 소년뿐이었는데, 설마 그때를 말하는 건가?

죽여야겠다. 일단 저 여자는 죽이고 봐야겠다.

솔론은 충격을 받았다 해서 행동을 멈추는 타입이 아니었다. 그는 오히려 이를 드러내며 마스터에게 덤볐다. 골격이 크고 키가 큰 레일건 마스터는 빠르게 늑대들의 공격을 피했다.

'전투 경험이 엄청나. 섣불리 덤볐다간 우리가 당해.'

솔론은 침착하게 마스터를 살폈다. 아주 여유롭게 늑대 셋을 상대하는 마스터는 도대체 뚫고 들어갈 구석이 없어 보였다. 나자크와 엔지도 그걸 눈치챘는지 섣불리 접근하지는 않았다.

"너 진짜 별 이상한 걸 달고 왔구나?"

그녀는 그 와중에 오크나무에 완전히 주저앉은 드리프터에게 말을 거는 여유까지 있었다.

……아무래도 안 되겠어.

솔론은 헬리를 찾았다.

저 여자, 날 알아봤어. 예전에 나와 같은 사람을 놓쳤대.

그 말을 듣자마자 헬리의 눈이 커졌다.

지노!

단 한 마디에 어디선가 불덩어리가 마스터에게 날아왔다. 순식간에 몸을 뒤로 젖혀 일단 피했으나, 마스터는 코끝이 뒤늦게 화끈거리는 걸 느끼고 웃었다.

"와, 재미있네?"

그녀는 뱅그르르, 공중제비를 돌며 연속적으로 날아오는 불덩어리를 피하다가 엔지가 휘두르는 앞발에 맞았다.

"큭······!"

촤악, 하고 땅바닥을 가르며 그녀가 뒤로 날아갔다.

하지만 엔지와 하루이틀 호흡을 맞춘 게 아닌 나자크가 그녀가 날아가는 방향에 있었다.

늑대가 입을 벌려 날카로운 이로 어떻게든 속도를 늦추려 애쓰는 뱀파이어를 잡아채 물어버렸다. 그런 뒤 곧장 다시 던져버렸다.

웬만한 드리프터였다면 이미 이쯤에서 절명했겠지만, 마스터는 흙바닥을 다시 구른 뒤 재빨리 일어났다.

"하하, 하. 이거 재미있네."

크르르르, 늑대들이 그녀를 포위하며 점점 가까이 왔다.

"그래, 아주 재미있어."

마스터는 희게 질린 얼굴로도 웃으면서 고개를 끄덕였다.

머리 위로 불덩어리가 위협적으로 날아다닌다. 그녀가 물러날 곳은 없었다. 아니, 없어 보였다.

"또 보자, 기대하지."

여기서 도망치겠다고? 솔론은 두 발자국 앞서 나갔다.

"어린 것들아."

마스터를 향해 뻗은 나자크의 앞발이 허공을 갈랐다. 마스터의 갈색 코트 자락이 사라졌다.

희끄무레한 안개가 춤을 추더니, 곧장 솔론을 휙 통과해 사라져버렸다. 남아 있는 자리에는 아무것도 없었다.

"안개……?"

쏴아, 하고 밀려드는 축축한 공기에 젖었던 솔론은 저도 모르게 뒤를 돌아보았다.

　수풀 사이, 가려진 곳에서 나머지 소년들과 대기하고 있던 수하의 얼굴이 새파랗게 질렸다.

제 37 화

프린태니어
part 4

"진정해."

헬리가 재빨리 수하를 잡았다. 그녀는 고개를 흔들었다.

"나는 괜찮아. 도망쳤어?"

"다들 쫓아갔어."

칸이 대신 대답했다. 그는 아까부터 계속 싸움을 주시하고 있었다.

지금도 나자크와 엔지, 솔론이 사라진 쪽을 연신 보고만 있다.

"분명히 안개로 바뀐 거 맞지?"

수하는 떨리는 목소리로 헬리에게 물었다.

"이능력이 있는 뱀파이어들은 드물지만, 꼭 각자 색다른 이능력을 가진다는 보장은 없어."

아니, 사실은 헬리도 잘 몰랐다.

"하지만 나는 뱀파이어도 아니잖아?"

혹시 모르는 뱀파이어 혈통을 받은 걸까? 사실은 수하도 잘
몰랐다. 자신이 없는 건 두 사람 다 마찬가지였다.

"하긴, 뭐. 나만 이런 능력을 가지란 법도 없지."

잘 모르겠다면 그냥 눈앞에 펼쳐진 일을 자연스럽게 받아들
이는 수밖에 없었다.

그런가 보다 하려고 한 수하는 걱정스럽게 고개를 쭉 빼고
마스터가 사라진 쪽을 바라보았다.

"잡을 수 있을까?"

몇 분 후, 허탕을 친 늑대소년들이 돌아와서 고개를 흔들었
다.

"놓쳤어."

아쉬워 죽겠다는 나자크의 보고에 칸은 재빨리 다음 판단
을 내렸다.

"그럼 우리도 철수하자."

도망간 뱀파이어가 더 많은 드리프터를 끌고 오기 전에 그들
도 이곳을 떠나야 했다.

"저 미끼로 쓴 놈은 어쩌지, 헬리?"

수하를 보던 헬리의 눈이 잠시 솔론에게 가 있었다. 그는 그러면서도 칸의 질문에 대답했다.

"어쩌긴."

처리해야지.

불과 2분 뒤, 프린태니어 숲에 매복하고 있던 소년들은 어떠한 자취도 남기지 않은 채 완전히 사라졌다.

☾

프린태니어는 너무 작은 도시였다. 에스티발에 비해서는 활발했으나, 몸을 완전히 숨길 만큼의 대도시는 아니었다.

"우리는 금방 눈에 띄겠어."

지노가 팔짱을 낀 채 창밖을 내다보았다.

"그러니까 조심해야지. 들어오는 것도 조심하고."

나자크가 심드렁하게 대꾸했으나, 그 말이 아직 도착하지 않은 후발대를 염두에 두고 있다는 걸 모르는 사람은 이 자리에 아무도 없었다.

"일단은 부딪쳐봤는데 아무런 소득이 없었네."

그는 그게 못내 아쉽다는 듯, 길게 늘어진 채 천장을 쳐다보았다. 다음에는 어떻게 공격을 하고, 어떻게 잡을지 머릿속으로 다시 한번 시뮬레이션을 돌리는 중이었다.

"소득이 없긴. 적어도 이능력이 뭔지는 알아낸 거잖아."

칸이 대답하며 또 생각에 잠겼다. 그의 갈색 눈은 입을 꾹 다물고 있는 솔론에게로 향했다.

프린태니어 시에 마련한 숙소에 틀어박힌 솔론은 30분째 미동도 않고 있었다. 얼핏 보기엔 나자크처럼 아까 전투를 복기하는 것처럼 보였고, 애초에 말이 많은 성격도 아닌지라 다들 신경 쓰고 있지는 않았다.

하지만 그의 분위기가 심상치 않다는 것을 눈치챈 이가 있었다.

왜 그래?

부드러운 목소리가 솔론의 귀에만 은밀히 들렸다.

무슨 일 있으면 형한테 말해도 되는데.

이미 아주 오래도록 기다린 후에 더 이상 두고 보지 못할 때가 되었나 보다. 헬리가 저렇게 말하는 건 이미 많이 기다려줬다는 뜻이었다.

솔론은 자리를 털고 일어났다. 칸은 솔론이 나간 뒤 얼마 되지 않아 헬리가 슬쩍 따라 나가는 것을 보고서 시선을 돌렸다.

건물 하나를 통째로 빌린 소년들은 되도록 조용히 지내며 프린태니어 시를 파악하는 중이었다. 아직 도착하지 않은 후발대도 있었기에 더더욱 신중해야 했다.

때문에 이번 실패가 솔론에게는 뼈아팠다.

"형은."

헬리의 발소리가 들리자마자 기다리고 있던 솔론이 입을 열었다. 오래 묵혀놨던 고민이 이젠 무르익을 대로 익어서 바깥으로 쏟아내지 않고는 견뎌낼 수가 없었다.

"형은 왜 보육원이 습격받았다고 생각해?"

"우리 때문이겠지."

단칼에 나온 대답에 솔론은 그 대답이 지극히 헬리답다고 생각했다.

이능력 때문인지, 아니면 원래 성격 때문인지 몰라도, 헬리는 다정했지만 필요할 때는 싸늘할 정도로 냉정했다.

"선생님들이 우리를 단순히 아이라서 도망치게 한 게 아니라는 느낌은 그때도 이미 받고 있었으니까.”

헬리는 솔론의 곁에 다리를 접고 앉았다.

“게다가 이번에 보육원 터에서 나온 서류들만 봐도, 원장선생님이 우리를 괜히 거둬서 키운 게 아니잖아.”

대단히 특별한 이능력을 가진 뱀파이어 소년 일곱을 어떻게 모을 수 있었을까. 헬리는 그것부터가 평범하지 않다고 생각했다.

“그런데 왜 그게 궁금했어?”

“……아까 그 여자, 날 알아봤다고 했잖아.”

“정확하게 뭐라고 한 거야?”

“오랜만이네. 똑같네. 그때도 놓쳐서 확인을 못 했는데, 그때와 같은 놈인가.”

헬리는 그 말을 듣고는 가만히 생각에 잠겼다.

“‘그때’가 언제일까, 형?”

“……네 생각엔, ‘그때’가 보육원 습격 때인 거 같다는 거야?”

솔론은 힘없이 고개를 끄덕였다.

“그럴 수도 있지.”

다른 건 몰라도 뱀파이어와 늑대인간 혼혈이 얼마나 희귀한 존재인지는 모두가 잘 알았다.

종족 특성상 서로를 증오할 수밖에 없으니, 혼혈은 탄생할 수조차 없었다. 그러니 눈에 띄지 않을래야 띄지 않을 수가 없었다.

솔론을 한 번 본 베테랑 뱀파이어라면 분명히 기억할 거다. 그건 그리 새삼스러운 일이 아니었다.

"충분히 있을 수 있는 일이야. 우리가 사람들 눈길 끈 게 하루이틀 일은 아니잖아."

하지만 솔론의 표정은 쉽게 밝아지지 않았다. 벌써 몇 주째 묵혀났던 고민이니 그렇게 쉽게 해결될 리가 만무하긴 했다.

"그게 아니라, 나 때문이면?"

헬리는 솔론이 그 불길하고 공포가 잔뜩 어린 질문을 완성할 때까지 조용히 기다렸다.

"나 때문에 보육원이 습격받은 거면?"

순식간에 솔론의 생각이 헬리에게 확 달려들었다

그럼 어떡하지? 어떡하지? 다른 형제들한테 너무 미안해. 미안해. 나 때문이면, 내 잘못이면 어떡해? 내 잘못이야. 아마 그럴 거야. 내 탓이야.

솔론의 주체할 수 없는 공포와 불안이 헬리 앞에 적나라하게 펼쳐졌다. 무표정한 얼굴 아래 눌러놨던 감정들을 더 이상 숨길 수가 없었던 거다.

헬리는 한숨을 쉬며 솔론을 끌어당겼다.

"이리 와, 인마."

동생의 머리를 툭 기대게 한 그는 씨근대는 동생의 어깨를 툭툭 쓸어주었다.

"너 때문에 보육원이 습격받은 거면 뭐 어때. 우리가 뭐 너 때문이라고 원망이라도 할 줄 알았어?"

솔론이 재빨리 고개를 흔들었다. 시리게 푸른 머리카락이 헬리의 어깨에서 마구 흩어졌다.

"그게 아닌데 왜 그렇게 끙끙 앓고 있어?"

"⋯⋯그래도."

그래도 나중에 혹시라도, 혹시라도 너무 힘들어서 날 조금이라도 미워하면 견딜 수가 없을 것 같아.

입 밖으로 표현하기 어려운 감정과 생각이 헬리에게 아주 쉽게 전달됐다. 그 공포와 불안에 깔린 밑바탕은 결국 형제들에 대한 진득한 애정이었다.

"내가 생각하기엔, 넌 그걸 불안해할 게 아니라 여태까지 혼자 끙끙대고 있었단 걸 다른 애들이 알면 얼마나 화를 낼지를 걱정해야 해."

"그건 괜찮은데……."

"말하는 거 봐라? 그게 왜 괜찮아? 나는 네가 얼마나 불안했는지 아니까 지금 화를 안 내는 거야, 인마."

헬리는 솔론을 떼어놓고 눈을 똑바로 보며 말했다.

"그런데 이안이나 지노는 분명히 화낼 거고, 자카는 삐질 걸? 너 걔 삐지면 얼마나 오래가는지 알잖아. 노아 걔는 울 거고."

솔론은 괜히 눈을 피했다.

"형 똑바로 봐. 무슨 바보 같은 생각을 그렇게 오래하고 있어? 너 때문에 습격당했으면 뭐 어때. 결국 습격은 일어난 일이고, 우리는 여기에서 너랑 함께 있잖아. 뭐가 중요해?"

"……같이 있는 거."

"그래."

잘 아네. 잘 알고 있으면 됐다.

"그게 사실이라 해도 그런가 보다, 하고 넘어갈 일이야. 널 더 보호하는 데 신경 쓰겠지, 너 때문에 보육원 선생님들이 다 죽었다고 탓하겠어? 선생님들은 우리를 보호하려고 목숨을 희생하셨어."

기꺼이 드리프터들을 막아서며 망설임 없이 모두가 똑같은 말을 외쳤다.

'얘들아! 어서 뛰어! 뒤돌아보지도 말고 뛰어!'

헬리는 고개를 흔들었다.

"난 네가 원인이라고도 생각하지 않아. 네가 원인 중의 하나일 수는 있겠지. 레일건의 마스터를 잡으면 더 명확하게 알 수 있을 거잖아. 뭘 그렇게 미리 걱정하고 있어?"

"내가, 내가 힘을 쓸수록 늑대인간에 가까워서……, 그런 거 같아서……."

"그래, 그래. 그래도 괜찮아."

그는 오래도록 동생을 안고 심하게 떨리는 어깨가 가라앉을 때까지, 편안하게 늘어질 때까지 토닥였다.

☾

간신히 프린태니어 숲에서 도망친 레일건 마스터는 프린태니어 시에 진입할 때쯤에는 본래 모습으로 돌아왔다.

안개가 되어 움직이는 게 빠르지만, 그녀는 오래도록 그 모습을 유지하지는 못했다.

"조그만 것들이 어딜 감히……!"

그녀는 물어뜯긴 상처를 문지르며 씩씩대며 비참하게 걸어갔다. 가벼운 걸음으로 산보 삼아 숲으로 가던 때와는 전혀 다른 모습이었다.

머리는 헝클어졌고, 곳곳에 상처가 났다. 걸음까지 약간 절뚝거리고 있었다. 그러니까 그녀가 말한 대로 '조그만 것들'이 낸 상처라고 하기엔 상당한 부상이었다.

되놀아가는 길이 상당히 멀었지만, 마스터는 보통 인간보다는 훨씬 빠른 속도로 돌아왔다.

"마, 마스터?"

쾅, 하고 문이 열리자마자 드리프터들이 눈이 휘둥그레져서 그녀를 쳐다보았다.

물론 그녀는 바보같이 정문으로 가지는 않았다. 술집 〈레일건〉의 이미지도 중요하니까.

대신 뒷문을 연 뒤 눈이 마주친 부하들에게 바로 소리부터

질렀다.

"이 주변……, 이 주변을 싹 뒤져!"

그녀는 씩씩대며 명했다.

"수상한 놈들이 있으면 다 불러와!"

"늑대인간들에게 당하셨습니까?"

그녀의 피부에 선명한 잇자국을 보고 드리프터들의 표정이 험악하게 굳었다.

여긴 프린태니어 시의 레일건. 어중이떠중이들이 모이는 곳이 아니다.

마스터의 말에 몇몇은 벌써 달려나갔고, 몇몇은 다가와 그녀를 부축했다.

"됐어, 혼자 갈 수 있어!"

마스터는 대단히 자존심이 강해서, 지금 이 꼴로 이곳까지 도망쳐왔다는 사실조차 용납할 수가 없었다.

그녀는 아주 오랜 세월을 살면서 많은 것을 보고 들었다. 그런데 그런 새파랗게 어린 애송이들에게 당하다니!

'불이었지.'

마스터는 자신을 궁지에 몰았던 불덩어리를 떠올렸다. 안 그래도 머리카락 끝이 죄다 그슬려 엉망이었다.

'불에, 뱀파이어인지 늑대인간인지 모를 놈이라니. 조합이 아주 기가 막히는군.'

그녀는 2층으로 간신히 올라가면서 외투를 벗어 던졌다.

"에스티발 시 물류창고에서 늑대인간들이 들어오고 있지 않는다는데, 하역장 반장을 한번 캐봐. 그리고 거기에서 사라진 놈이 하나 있어. 한번 캐보고."

"에스티발 물류창고는 어떻게 할까요?"

"누가 한번 직접 가봐. 이젠 내가 직접 움직여야겠어."

심상치가 않았다.

'……그래, 예전에도 그런 놈들이 있었지.'

화염을 다루던 뱀파이어와, 늑대인간과 뱀파이어의 혼혈, 그 저주받은 핏줄.

마스터는 문득 자신의 손을 바라보았다. 여기저기 긁히고, 팔을 크게 물려 덜덜 떨리는 손을 한번 안개로 만들어 보려 했다.

"큭……."

하지만 여전히 마음먹은 대로 되지 않는다. 이게 된다면, 언제든 될 수 있다면 그녀는 더욱더 사랑받을 수 있었을 텐데!

'그분께서 날 봐주셨을 텐데!'

대단히 오랜 시간 동안 연마해도 결국 실패만 거듭했던 마스터는 까드득 소리가 나도록 이를 갈았다.

제 38 화

프린태니어
part 5

프린태니어 시의 분위기가 바뀌었다.

보통 인간이라면 느낄 수 없겠지만, 늑대인간이라면 프린태니어 시 근처에도 얼씬거리지 않을 거다.

이 도시를 암암리에 지배하는 자가 분노했다.

"분위기 한번 실빌하시네."

이야, 멋있다. 카밀은 외투 주머니에 손을 넣은 채 멀리 보이는 프린태니어 시를 보며 씩 웃었다.

에스티발 시 물류창고에 붙들렸던 늑대인간 중 하나였던 그는 이번에는 후발대로 뒤늦게 합류했다.

부상 정도가 조금 심했기 때문에 치료를 받고 알맞은 처치를 하느라 꽤 시간이 걸렸다.

어쩌다 형제들이 재수 없는 드셀리스 아카데미 놈들과 얽히

게 된 건진 모르겠지만, 카밀은 뒤끝은 없었다. 나이트볼 우승컵만 빼앗아 오면 그만이니까.

"왜?"

씩 웃던 그는 시선을 돌려 뒤에서 불안하게 자신을 쳐다보는 뱀파이어 꼬맹이에게 물었다.

"아프지 않냐고……."

붕대를 아직까지도 감고 있는데 저렇게 벌써 나와도 되는 걸까? 카밀과 함께 온 노아는 괜히 걱정이 되었다.

물론 그는 뱀파이어고, 뱀파이어가 늑대인간을 걱정한다는 건 정말 말도 안 되는 일이지만 에스티발 시 물류창고의 그 끔찍한 참상을 본 이후로는 생각이 많이 바뀌었다.

세상에는 뱀파이어 소년들이 자세히 알지 못했던 일도 벌어지고 있었다.

"이 정도야 가뿐하지."

진짜로 괜찮은 걸까? 인질로 잡혀서 피까지 빨리느라 많이 무섭고 힘들었을 텐데, 카밀은 씩 웃기만 할 뿐이다. 하긴, 뱀파이어에게 약한 모습을 보이고 싶지는 않겠지.

"조심해서 진입해야 해. 지금 드리프터들이 우리를 찾고 있다나 봐."

시온이 심드렁하게 말하며 눈부신 금발 머리 위에 후드를 눌러 썼다. 눈에 띄지 않으려면 최대한 자연스럽게 다니면서도 가릴 건 가리는 게 좋았다.

"나는 뭐, 대충 괜찮은데 너희는 괜찮겠어?"

마음만 먹는다면 약한 드리프터야 적당히 눈을 보며 매료시켜 살살 달래면 그만인 시온과는 달리 여긴 부상자가 있었다.

"나도 괜찮아. 어둠에 스며서 사라지면 그만이니까."

노아는 대답하면서도 카밀을 쳐다보았다. 오는 내내 말이 없던 루슬란과는 달리 그는 꽤 말을 했다. 덕분에 분위기가 아주 어색하지 않을 수는 있었다.

"괜찮다니까."

카밀은 씩 웃었다.

"뭐 하러 그런 걱정을 해?"

그들은 뒤를 돌아보았다. 이안이 휴대폰을 들고 이쪽으로 성큼성큼 걸어오고 있었다.

"엔지가 진입 경로를 다 짜서 보냈어. 이대로만 가면 괜찮을 거고, 형들도 마중 나온대. 우리는 무조건 들키지만 않고 들어가면 그만이니까 그만 걱정해."

"아니, 나는 그냥……."

노아는 착잡한 얼굴로 프린테니어 시를 바라보았다. 하나만 해결하면 될 줄 알았다.

"그냥 뭐?"

뜻밖에도 카밀이 그에게 되물었다.

"자꾸만 더 강한 놈들이 튀어나오니까 언제 끝날까 하고 궁금해서."

"겁나는 건 아니고?"

"내가 왜 겁나!"

쿡 찌르니 바로 발끈한다. 어리긴 하지만 절대로 얕보면 안 될 뱀파이어 소년들 중 막내다.

카밀은 피식 웃었다.

"그럼 기뻐해야지. 더 센 놈들이 나타나면 그만큼 더 강해질 수 있다는 거잖아."

"붕대나 풀고 그런 말을 해라. 너 혼자 걸어 나온 거 아니잖아."

걷지도 못해서 뱀파이어고 늑대인간이고 가릴 것 없이 소년들이 둘씩 붙어 들고 나왔어야 했으면서. 노아는 저놈을 잠깐이나마 걱정해준 걸 후회했다.

"그래. 내가 너한테 빚을 좀 졌지. 저 앞에 뱀파이어들 걱정하지 마라. 내가 다 잡아줄게."

"짐이나 되지 마."

아직까지는 투닥거리고 날을 세우고 경계하기 일쑤라 칸과 헬리가 각자 동생들에게 미리 강력하게 강조했다.

절대로 싸우지 말 것. 싸우러 온 것이 아니니, 절대로 싸우지 말 것.

두 번 강조했으니 매우 중요하다는 거다.

형의 말이라면 껌뻑 죽는 동생들은 영 마음에 들지는 않았지만 그냥 그 말에 어쩔 수 없이 따르는 중이었다.

하지만 에스티발 시 물류창고에 잡혀 있었던 늑대인간 소년들 셋은 아직까지도 뱀파이어 소년들이 어색하고, 함께 움직이는 이 상황이 너무 이상했나. 그서 '이유가 있겠시'라고 생각하며 참아볼 뿐이었다.

리버필드 시에서 마지막으로 학교에 필요한 절차와 서류문제를 대충 처리하고 출발한 후발대는 슬금슬금 프린태니어 시로 진입하기 시작했다.

☾

후발대가 진입하는 걸 돕는 건 엔지가 지휘했다. 또한 어둠을 움직이는 노아 역시 톡톡히 활약할 것이다.

수하는 약간 초조한 기분으로 친구들이 무사히 도착하길 기원했다.

"있잖아."

그녀가 말만 툭 붙여도 돌아봐 주는 애들이 한가득이다.

"왜."

지노가 턱을 까딱이며 대답했다.

"나랑 비슷한 능력 가진 뱀파이어, 봤어?"

"아까 봤잖아."

"아, 말고."

"못 봤어."

"그럼 너랑 비슷한 능력을 가진 뱀파이어는?"

"못 봤지."

수하가 한숨을 푹 쉬었다.

"그럴 수도 있는 거지 뭘 한숨을 그렇게 쉬고 그래?"

"난 이번에도 내가 안개로 변해서 슬쩍 염탐하고 오려고 했거든. 근데 그 여자도 안개로 변할 수 있다면 높은 확률로……?"

"그 여자도 안개가 된 너를 알아차릴 수 있겠지."

마치 헬리와 칸이 그랬듯 말이다.

"어떡하지?"

"어떡하긴. 다 엎어놓고 진입하면 되는 거지."

뭐 별것 있나. 지노는 심드렁하게 단순한 대답을 했다.

"조심하는 게 좋아. 여긴 에스티발보다 더 강한 드리프터들이 돌아다니고 있으니까."

그때까지 한 마디도 하지 않고 듣기만 하던 마한이 입을 열었다.

그는 에스티발 시 물류창고까지 갔다가 먼저 붙들렸던 세 늑대인간 소년들 중 하나로, 칸이 선발대를 보내놓고 직접 데려왔나.

아직까지 뱀파이어 소년들과 한 팀을 이루어 움직이는 건 그에게 몹시 낯선 일이었지만 일단 협조는 해야 한다는 건 확실히 인지하고 있었다.

"게다가 그 향초."

당장 칸과 타헬, 엔지와 나자크가 움찔거렸다.

늑대인간들의 힘을 쭉 빼놓는 그 괴상한 향초 말인가. 수하는 향초가 풍기던 지독한 단내를 떠올리며 반사적으로 미간을 찌푸렸다.

"향초도 조심해야 해. 우리가 조사한 바로는 늑대인간들을 제압하는 뱀파이어 놈들은 죄다 그걸 은신처에 피워놓고 움직였으니까."

"그럼 레일건에도 이미 향초가 피워졌다고 봐야 해."

칸이 마한의 말에 동의하며 덧붙였다. 헬리는 턱을 감쌌다.

"그렇다면 에스티발 때처럼 습격하는 수밖에 없다는 건가."

향초를 끌 뱀파이어 소년들이 먼저 들어가야 한다는 거다.

그렇게 되면 전력 분산이 되니 위험했다. 에스티발 시 물류 창고에서도 꾸역꾸역 밀려드는 드리프터들이 징그러울 정도로 많아서 당황하지 않았던가.

"게다가 저 안에도 어쩌면 늑대인간들이 붙잡혀 있을 수도 있어."

붙들렸던 경험이 있던 마한은 그래도 그 안에서 최대한 상황을 파악하려 애썼기에, 지금도 소년들이 놓치고 있는 점들을 하나하나 지적했다.

결국 전력 분산에 구해야 할 인질까지 있을지도 모른다는 최악의 상황이었다.

"근데 향초는 아닐 거야."

수하는 순식간에 자신에게 모이는 여러 아름다운 색의 눈동자들을 보고 몹시 부담스러워졌다. 아니, 그녀는 정말 조그맣게 지노에게만 말한 건데 말이다. 얘들은 너무 청력이 좋았다.

"술집에 그런 냄새가 나는 걸 피워놓으면 저런 술집에 자주 다니는 아저씨들은 다 짜증 낼걸?"

헬리가 조금 재미있다는 듯 입꼬리를 들어 올렸다.

"아저씨들은 그런 단내 엄청 싫어해. 나라도 그런 냄새가 나는 음식점은 안 갈 거야. 그런데 레일건은 아주 단골도 많고, 겉보기로는 평범한 술집이라며?"

미리 선발대로 와서 탐문했던 솔론이 수하의 말에 고개를 끄덕였다.

"이 동네 사람들이 많이 와. 평범한 인간들도."

"그럼 거기엔 향초를 못 피워. 냄새가 퍼지는 순간에 죄다 뛰쳐나간걸. 나는 ㄱ 냄새 진짜 너무 달아서 역할 정도던데."

"일리 있는 말이야."

칸은 고개를 끄덕였다.

"그래서 나는 향초 걱정은 조금 덜하고, 오히려 그 여자 자체를 걱정해야 한다고 생각해."

숙련된 늑대인간 소년 둘에 솔론과 지노를 더했는데도 빠져 나간 뱀파이어라면 여태까지 상대해온 드리프터들과는 비교도 안 될 만큼 강하고, 또 경험이 많을 게 분명했다.

그때 후발대 상황을 확인하고 있던 엔지가 움찔거렸다.

"습격이야. 카밀과 노아 쪽!"

소년들은 당황하지 않았다. 앉아 있거나 서 있거나 하던 자세 그대로 눈동자만 움직이거나, 혹은 고개를 돌렸을 뿐이었다.

그들은 이미 무슨 일이 생기면 당장 뛰쳐나가 전투를 벌일 준비를 다 완료해놨다. 그저 그들이 필요한지만 궁금할 뿐이다.

팔짱을 낀 칸이 물었다.

"가야 해?"

엔지는 휴대폰과 랩톱을 두드리다가 고개를 흔들었다.

"아직."

☾

"드리프터들을 많이 죽이고 싶으면 다들 오라고 해!"

카밀은 활달하게 말하며 질주했다. 그와 함께 달리고 있는
노아는 질색했다.

"아, 오지 말라고 해!"

빨리 도망치고 추적을 끊어낸 뒤에 형들과 합류해야지, 뭔
소리를 하는 거야!

"다 죽이면 추적도 끝나는 거잖아?"

"이 도시 전체를 쟤네가 장악했다는데 다 죽이는 게 되겠
냐!"

노아는 소리를 버럭 지르면서 사방에 깔린 어둠을 이용했
다. 가로등이 비추는 곳에 금세 그와 카밀을 닮은 그림자가
셋, 넷, 다섯 쌍이나 만들어져서 사방으로 튀어 나갔다.

"너 꽤 재미있는 능력을 가졌구나?"

그 와중에도 카밀은 무척 흥미로워했다.

"눈속임일 뿐이야."

노아는 가볍게 담장에서 뛰어내리며 땅을 밟았다

흩어진 그림자에 드리프터들이 우왕좌왕하며 똑같이 흩어
졌다.

그사이 노아와 카밀은 엔지가 알려준 지름길을 따라 달렸
다.

이안과 루슬란은 이들이 먼저 드리프터들을 유인하면 움직이기로 했다. 그러니 노아와 카밀이 최선을 다해 최대한 많은 드리프터를 끌어내야 했다.

카밀은 부상을 입었지만, 노아는 이 빛 없는 밤에는 평소보다 더한 힘을 충분히 내고도 까딱없었다.

'드리프터들처럼 밤에 강한 건가.'

카밀은 일부러 그에게 속도를 맞춰 달려주는 게 분명한 노아를 보며 생각했다.

'아니, 드리프터들과는 좀 다르지.'

드리프터들은 햇볕에 약하니 낮에 나설 수가 없어서 밤에 활동하는 거고, 노아는 낮에도 멀쩡하지만 밤에 힘을 더 낼 수 있는 것 같았다.

[이안이 보여! 루슬란은 합류 직전이야!]

엔지의 희망찬 목소리가 들렸다. 작전이 성공한 모양이다.

노아가 조금 더 희망을 가지는 순간이었다.

쾅!

갑자기 튀어나온 뭔가에 제대로 얻어맞은 그가 달리던 속도까지 합쳐 엄청난 충격을 받고 뒤로 굴러갔다.

"공격이야!"

카밀은 엔지에게 말하며 노아를 공격한 이에게 곧장 달려들었다.

짧은 순간, 어마어마하게 응축된 힘이 공격자에게 닿으면서 묵직하게 터졌다. 방금 노아가 당한 것만큼의 충격이 그대로 공격자에게 되돌려졌다.

망설이지 않고 온몸을 내던져 공격한 카밀은 뒤로 주르륵 밀려났다. 그가 신은 운동화가 바닥에 찌익, 흔적을 남겼다.

"······이상한 애새끼들이 여기저기에서 다 튀어나오는구나."

아, 아직 안 좋은데. 부상당한 후유증이 아직까지 남아 있다. 솔직히 완전히 치유되려면 한 사흘은 더 있어야 할 것 같은 느낌이다.

하지만 뭐 어때. 카밀은 자세를 고쳐 잡고 곧장 다시 공격하기 시작했다.

[누가 당했어?]

엔지가 당장 소리를 높였지만 카밀은 대답하지 않았다.

"네놈은 또 누구냐!"

그리고 상대 뱀파이어의 매서운 공격과 함께 묻는 질문에도 대답하지 않았다.

보아하니 상대방도 카밀만큼은 아니지만 부상을 꽤 입었다.

그럼 해볼 만하다. 팔다리 몇 개 부러지는 거야 일도 아니지.

카밀은 칸이 알면 머리를 짚을 생각을 또 하며 씩 웃었다.

"말도 못 알아듣냐!"

"싸울 때는 말하는 게 아니야. 게다가 질문이 구려."

요즘 어린애들은 버르장머리가 없다. 당했다는 것을 참지 못하고 직접 나선 레일건 마스터는 눈앞에 보이는 늑대인간부터 반드시 잡겠다고 다짐했다.

그녀의 다짐은 실행으로 이어졌다.

한 번 더 부딪치자, 이번에 나뒹구는 건 카밀이었다.

제 39 화

프린태니어
part 6

'안 되겠는데?'

한 번 더 부딪치자마자 카밀은 직감했다.

이건 안 된다. 단독으로 저 여자 뱀파이어와 붙으면 끝장나는 건 카밀이다. 첫 번째 공격에 카밀은 최선을 다했지만, 그게 그의 최대였다.

하지만 상대는 다르다. 그녀가 보여준 첫 번째는 최대가 아니었던 거다.

한 번 당하자마자 곧이어 연속으로 내리꽂히는 공격은 피하는 수밖에 없었다. 반격할 틈이 보이지 않았다.

'팔 하나 가지고는 안 되겠네. 다리까지 내놓으면 잠깐 붙잡을 수는 있으려나.'

이 뱀파이어는 분명히 늑대인간의 피를 잔뜩 마신 지 얼마

되지 않았다. 동족의 피 냄새가 진동했다.

아주 짧은 시간 사이, 카밀은 일방적으로 얻어맞기만 했다. 결국 그가 일단 팔 하나부터 포기하려는데, 그를 물어버리려던 레일건 마스터가 갑자기 떨어져 나갔다.

"아?"

마스터는 멍청하게 자신을 공격하는 그림자를 바라보았다.

자신과 똑같은, 아니, 자신의 그림자가 분명했다! 지금 입고 있는 옷의 실루엣과 머리 모양을 똑같이 닮은 그림자가 그녀를 끌어내어 급소만을 공격했다!

"일어나."

노아가 그사이 카밀을 부축해 일으켰다.

"도와줘. 여기 위치 파악됐지? 여자 뱀파이어. 갈색……, 아니, 솔직히 갈색인지 무슨 색인지 모르겠어."

노아는 카밀이 싹 무시하고 있던 엔지와의 통신에도 충실하며 곧장 다음 공격을 준비했다.

[파악했어. 지원이 갈 거야! 조금만 버텨!]

마스터는 자신의 그림자와 싸우다가 그림자가 금세 힘을 잃자 이를 사납게 드러냈다.

프린태니어 시에 갑자기 나타난 이놈들이 뭐 하는 놈들인지는 모르겠지만 정말 번거롭고 귀찮았다. 그녀가 처음 공격했던 어린 뱀파이어는 수치심도 모르고 늑대인간을 감싸고 보호했다.

"괜찮다니까."

"지금 그런 말을 할 때야?"

태연한 카밀의 대답에 복장이 터진 노아가 소리를 지르며 마스터의 공격을 막았다.

만만한 상대가 아니다. 카밀이 그녀를 파악했듯, 노아 역시 곧바로 깨달았다.

지금이 밤이고, 노아는 철저히 어두운 그림자만 골라 밟으며 공격했다. 그래야만 힘이 강해지니 그나마 승산이 있었다.

여기에서 시간이 지체되면 지체될수록 드리프터들만 진뜩 몰릴 거다. 서둘러 떨쳐내야 하는데, 과연 그럴 수나 있을까?

노아는 다시 한번 마스터의 공격을 간신히 흘리는 대신 건물 벽에 부딪치고 말았다. 싸우는 게 쉽지 않다. 강한 상대였다.

"너 아주 수치를 모르는구나."

뱀파이어가 왜 늑대인간과 함께 싸우냐는 조롱이었다.

"봤지? 저 뱀파이어 엄청 말 많아."

카밀이 그녀를 가리키며 노아를 쳐다보았다.

"싸울 수 있겠어?"

"물론이지."

"부상 없이."

말을 주고으면서도 두 사람은 마스터가 퍼붓는 공격을 피하느라 정신이 없었다.

"어, 그건 좀 곤란한데."

"이미 다쳤으면 몸을 사려야지 뭔 곤란이야, 곤란이!"

카밀 쟨 진짜 형제들이 속 터져 하겠다. 지금도 상처가 터져서 붕대가 붉게 물들었지만 몸을 사리지 않고 있다. 노아는 저런 식으로 형들의 속을 썩이지는 않겠다고 다짐했다. 그러면서 피 냄새를 맡고 몰려든 드리프터 하나를 레일건 마스터에게 던졌다.

물론 마스터는 피도 눈물도 없는지라 자신의 부하라도 방해가 된다면 곧장 쳐냈다.

"너도 어디서 본 거 같은데."

마스터는 노아를 보며 고개를 갸우뚱거렸다.

그림자로 이런 장난을 치는 놈을 안다. 하지만 이 정도로 조잡하지는 않았기에 그를 어둠 속에서 건드리는 어리석은 자는 아무도 없었다.

그녀는 생각을 하다가 문득 기분 나쁜 느낌에 고개를 돌렸다.

쾅!

그녀는 그대로 복부를 얻어맞고 노아가 부딪쳤던 같은 건물 벽에 내던져졌다.

"뭐 하는 거야, 저 여자 뭐야?"

빠른 스피드로 공격부터 냅다 하고 본 자카가 모습을 드러내며 의아해했다. 뭔데 노아와 카밀을 이 정도로 몰아붙여 놓나.

아니나 다를까, 레일건 마스터는 대단히 화가 난 표정으로 부서신 벽 잔해에서 몸을 일으켰다.

"말이 좀 많으신 분이야."

카밀은 새로 지원을 온 자카에게 적을 아주 단순하게 소개했다.

자카는 카밀의 핏대가 선 목을 보았다. 말은 저렇게 해도 저 성깔에 짜증이 난 게 분명했다.

"아. 그렇구나."

자카는 고개를 끄덕인 뒤 근처에 접근하고 있는 드리프터

다섯을 한꺼번에 처리하기 위해 몸을 틀었다.

루슬란을 합류시키고 온 시온이 자카가 사라진 자리를 대신했다.

"저쪽이야?"

시온은 레일건 마스터를 턱으로 가리켰다. 그러곤 노아가 고개를 끄덕이자마자 곧장 그녀를 벽에 납작하게 붙여 놨다.

이건 또 뭔가. 레일건 마스터는 또다시 당황할 수밖에 없었다. 보이지 않는 힘이 그녀를 벽 잔해로 자꾸만 당기고 있었다.

이능력을 쓰기 위해 건물 벽에 따로 손을 붙여놓은 시온의 눈빛이 사나웠다.

"때려."

시온의 아주 단순한 한마디가 끝나기 무섭게 카밀과 노아가 마스터에게로 달려들었다. 공격이 몇 번 제대로 들어갔다. 하지만 시온은 그리 길게 마스터를 붙잡아두지는 못했다.

"큭……."

그는 피가 맺힌 손바닥을 벽에서 떼어내며 얼굴을 구겼다. 매료도 그렇고, 이번에도 오래 붙잡지 못하다니 부족한 능력에 속이 상했다.

"괜찮아?"

자카가 그의 곁을 슥 지나가며 물었다. 사실 괜찮지 않았지만 시온은 마음을 다잡고 자카를 따라 공격을 퍼부었다.

"이해할 수가 없어."

뱀파이어 소년 셋에 늑대인간 소년 하나의 맹공을 받으면서도 마스터는 얼떨떨하기만 했다.

그러다가 결국 카밀이 그녀를 물어버리고, 자카가 그녀의 어깨를 부러뜨렸지만, 여전히 이해할 수 없었다.

"그 어린 것들이 어쩌다가 늑대들과……?"

레일건 마스터는 이해할 수가 없는 일이었다.

그녀는 그때 매캐한 연기를 뿌리며 달려드는 뭔가를 맞았다.

"윽!"

순식간에 주변이 연기로 휩싸이고, 아무것도 보이지 않았다.

"철수해, 어서."

새로운 목소리가 들렸다. 마스터는 무작정 그 목소리 쪽으로 공격해보았으나 손에 걸리는 건 아무것도 없었다.

연기가 걷힌 순간, 그 자리에는 아무것도 남지 않았다. 그저 피 냄새를 맡고 온 드리프터들과, 미리 왔던 드리프터들의 시체뿐이었다.

　마스터는 결국 험악한 욕설을 내뱉으며 잡히는 대로 걷어차기 시작했다.

⏾

　"어쨌든 전부 합류 완료했네."

　연막을 터트리고 소년들을 구해 온 헬리가 옷을 툭툭 털며 말했다.

　당장 부상당한 카밀에게 쪼르르 달려온 타헬의 품에는 약이며 붕대가 가득했다.

　"한 번만 더 했다간 진짜 죽겠네, 죽겠어."

　주저앉은 노아가 투덜거렸다. 온몸이 욱신거리고 아프다.

　"고생했어."

　다가온 수하가 말을 건네자 물론 그는 언제 투덜거렸냐는 듯 억지로 자세를 바로 했다. 많이 다친 것 같아 보이는 건 딱 질색이었다.

　"고생은 무슨……. 근데 용케 이런 데를 구했다?"

　노아는 흐트러진 보랏빛 머리카락을 쓸어 올리며 주변을 둘러보았다.

프린태니어 시가 완전히 장악된 거 같다길래 아주 허름한 곳이라도 감지덕지하려고 했는데, 뜻밖에도 대단히 쾌적하고 광활한 3층짜리 건물이었다.

침실과 욕실도 충분할 만큼 많은 거 같은데, 더 특이한 건 문제의 레일건 근처에 떡하니 있다는 거다.

"너무 가까이 있는 거 아니야?"

"가까울수록 방심하는 법이지."

헬리는 걱정하지 말라며 고개를 흔들었다.

"그나저나, 형. 그 여자 우리를 아는 모양이던데. '그' 어린 것들이 어쩌다 늑대들과 엮였냐고."

시온이 피곤하다는 표정을 감추지 못하며 헬리에게 말했나.

시온은 몸이 피곤한 것보다는 자꾸 과거를 들추는 존재가 나타났는데 제 능력이 아직까지 역부족이라 정신이 몹시 피곤했다.

더구나 카밀이 똑똑히 들어버렸으니, 헬리에게 따로 말해봤자 언젠간 대놓고 나올 말이다. 시온의 성격상 그냥 먼저 말을 꺼내는 게 편했다.

"……그러니까 우리도 레일건 마스터를 잡아야지. 여긴 너무 수상하고, 우리의 과거를 아는 뱀파이어가 있다는 것만으로도 올 이유가 충분해."

그들도 알지 못하는 그들의 과거를 아는 자가 있다.

"그래서, 레일건 마스터가 누군데? 방금 우리와 부딪쳤던 여자 뱀파이어?"

자카가 물었다. 동생들을 돌보느라 바쁜 이안이 헬리와 손을 한 번 마주 잡고 툭 친 뒤 지나갔다.

칸도 카밀을 살피느라 여념이 없다.

"높은 확률로. 아닐 수도 있고. 그냥 감이야. 아직 확인을 하지 못했어. 하지만 내가 가까이에서 생각을 읽어내기만 하면 바로 확인 가능하니까, 그건 그렇게 중요한 문제가 아니야."

"그렇지. 중요한 건 늑대인간들을 잡아다가 피주머니로 쓰는 뱀파이어가 우리의 과거도 알고 있다는 거지."

자카는 냉철하게 결론을 내린 뒤 결국 미간을 찌푸리며 머리카락을 헤집었다.

"아, 어쩌다 쟤네랑 이렇게 엮였냐."

"우린 뭐 너희랑 엮이고 싶었는 줄 아냐?"

이 평균 신장이 어마어마한 소년들 사이에서도 키가 커다란 나자크가 맞받아쳤다.

중간에 낀 수하만 눈이 커다래졌다.

얘네 싸우나? 또 싸워?

몇 주 전 광장에서 나자크와 이안이 험악하게 날을 세우고 있던 걸 똑똑히 기억하는 그녀는 약간 턱을 당겼다.

싸운다면 슬쩍 빠져야지. 배가 슬슬 고픈데, 어디 먹을 거 없나?

"수하야, 쟤네 싸우는 거 아니야."

혹시나 싶어 지노가 수하에게 미리 말하며 자카에게 눈을 부라렸다.

'조심 좀 하라니까! 싸우지 말라고!'

'내가 뭘! 쟤가 발끈했잖아! 내가 뭐 못 할 말 했어?'

분위기가 점점 살벌해졌다. 하지만 그녀는 뜻밖에도 심드렁한 표정을 지었다.

"싸우면 싸우는 거지, 뭐. 여태까지 그렇게 으르렁거리는 사이였는데, 너네 다 참 잘 참았다 싶었어."

모두가 멈칫거렸다.

정작 수하는 부스럭대며 먹을 걸 찾아 뒤지더니 아이스크림 한 통과 숟가락을 꺼내 들었다. 아예 멀찍이 앉아서 아이스크림 뚜껑을 뜯으며 이쪽을 보는 모습이 마치 싸우는 걸 먹어가며 구경하겠다는 태도였다.

"싸울 때 됐지. 나는 신경 쓰지 말고 계속해. 너희가 싸운다고 해도 휘말려서 다치지 않을 자신은 있거든. 어, 이거 맛있네."

우유 아이스크림을 푹 떠먹은 수하는 슬슬 흩어지는 소년들을 보며 눈을 동그랗게 떴다.

"어? 안 싸워? 왜 안 싸워?"

"야, 배 안 고프냐? 난 배고픈데."

"카밀 형, 나도 배고파."

"그렇지? 우리 타헬 배고프단다. 그 아이스크림 맛있냐?"

카밀이 던지는 말에 수하는 미간을 좁혔다.

"이거 너네 싸울 때 구경하면서 먹으려고 고른 거란 말이야. 빨리 싸워! 왜 안 싸워!"

간만에 재미있는 구경 한번 해보나 했더니, 김새게.

투덜대봤자 고개를 절레절레 흔드는 소년들은 그녀의 소원을 들어줄 생각은 조금도 없어 보였다.

"이럴 거면 뭐 하러 그렇게 분위기를 험악하게 만들어? 이상한 애들이야."

수하는 숟가락으로 아이스크림을 푹 떠먹으며 중얼거렸다.

그때 헬리가 그녀에게 다가와서 아이스크림 뚜껑을 덮었다.

"그래. 이상한 애들이니까 나중에 싸움에 껴서 같이 싸울 기대도 하지 말고."

"……너 분명히 내 생각 읽지 않겠다고 약속했다."

"읽은 적 없어. 네 기대가 너무 티 났을 뿐이야. 그리고 애들 이랑 싸워봤자 다들 상대도 안 하고 도망칠걸."

헬리는 아이스크림을 다시 집어넣었다.

"뭐? 어째서!"

"이제 겨우 싸우는 걸 배운 초보와는 싸우지 않는 게 예의지."

이안이 지나가며 한마디 했지만 헬리가 무표정한 얼굴로 정정했다.

"아니, 같은 편끼리 싸우지 않는 게 정상이야. 그러니까 일어나. 제대로 된 식사를 해야지, 아이스크림부터 먹으면 어떡해?"

"싸우는 줄 알고 구경하려고 했다니까."

"안 싸우잖아. 그러니까 다들……."

헬리는 소년들을 돌아보았다.

"제대로 먹고 쉬는 게 좋겠어."

어쨌든 모두가 무사히 모였다.

강력한 뱀파이어를 끝내 제압하지 못하고 부상을 입고 돌아왔음에도 불구하고 싸울 힘까지 남아도는 걸 보니 그는 차라리 다행이라고 생각했다.

☾

레일건 마스터는 갈라진 피부를 붙잡으며 씩씩거렸다. 부상을 입은 몸으로 나가서 더 큰 부상을 입은 건 그녀도 마찬가지였다.

"피!"

딱 한마디에 그녀의 부하들이 부리나케 신선한 피를, 정확하게는 사지가 붙들린 늑대인간을 대령했다.

부상에서 빨리 회복하고 원기를 되찾으려면 흡혈밖에는 방법이 없었다.

마스터는 당장 늑대인간의 경동맥에 날카로운 이를 꽂았다. 꿈틀대는 늑대인간은 가축만도 못한 취급을 받으며 온몸의 피를 빼앗겨 서서히 죽어갔다.

그러거나 말거나 레일건에 있는 뱀파이어들은 신경도 쓰지 않았다. 피를 다 마시고 난 후에 늑대인간 사체는 그대로 들려나가 버려질 것이다.

"오토널에 연결해."

"예."

한참 동안 흡혈을 하고 간신히 입가를 닦아낸 레일건 마스터는 레일건에 어울리는 낡은 전화를 들었다.

[뭐니?]

건너편에서 들리는 목소리는 마스터의 목소리와 놀랍도록 흡사했다.

"태조께선 어디 계셔?"

[……트레나, 왜 그래.]

전화 너머로 한숨 소리가 들리자 마스터의 이마에 힘줄이 섰다.

[그런 식으로 만날 수 있는 분이 아니란 거 알잖아. 너도 그 정도 나이가 되었으면 알 법도 하지 않니?]

"같이 태어난 주제에 연장자인 양 굴지 마, 트리샤!"

[내가 너보다 한 시간 일찍 태어났잖니. 그리고 넌 지금 철없는 짓을 하고 있어.]

트리샤, 그녀의 쌍둥이 언니는 한숨을 푹푹 쉬며 그녀를 애

취급했다.

[우리 태조님은 함부로 부를 수도 없는 분이야. 말 그대로 최초의 뱀파이어이시고 귀하신 분인데 어떻게 감히 함부로 뵈려고 해?]

"아, 그래. 그러니까 태조님을 보려면 널 거쳐라, 이거지? 그 짓을 나한테도 할 줄은 몰랐네, 트리샤."

레일건 마스터 트레나의 눈이 분노로 반들거렸다.

"너 가끔 이런 식으로 구는 거 무척 재수 없어. 태조께서는 나한테 특별히 언제든 뵐 수 있는 권한을 주셨다는 걸 알고도 견제하는 거잖아. 네 선을 넘지 마."

[무슨 소리야, 트레나. 철없이 아무 때나 나타나서 그분을 쓸데없이 성가시게 하지 말라는 뜻이지. 난 널 걱정해주는 거야.]

"걱정은 무슨, 너 혼자 이인자가 되고 싶어서 추태를 부리는 거지!"

트레나는 전화기를 부서져라 내던졌다. 오래된 앤티크 전화기가 줄에 매달려 삐거덕거렸다. 이미 그녀의 부하들은 알아서 내뺀 지 오래였다.

평소에는 죽이 잘 맞다가도 꼭 이렇게 자매끼리 신경전을 벌일 때가 있었다. 그럴 때마다 그 사이에 있던 애먼 부하들에게 불똥이 튀는 경우가 많아, 그들은 얼른 자리를 피하는 기술만 늘어갔다.

"나이를 먹었으면 나잇값을 해야 할 거 아냐!"

짜증 나고 재수가 없는 쌍둥이 언니는 잊자. 걔는 늘 고상한 척만 해대서 문제다.

레일건 마스터 트레나는 이를 빠드득 간 후에 다시 전화기를 쳐다보았다.

물론 그녀에게도 최초의 뱀파이어이신 태조께 언니 트리샤를 거치지 않고서도 연결할 방도가 있었다.

게다가 트레나의 판단에, 이 일은 반드시 태조께서 알아야 할 일이었다.

'과거의 아이들이 다시 나타난 거야. 틀림없어.'

하지만 그놈들을 트레나가 싸그리 몽땅 다 잡아다 바친다면 어떻게 될까?

적어도 태조께서 애타게 찾고 계시는 '여자'는 아니지만, 그놈들도 꽤나 기꺼워하실 거다. 어쨌든 잡으려다 놓쳤던 놈들이니까.

트레나는 전화기에 뻗었던 손을 다시 거둬들였다.

좋은 소식을 들고 가자. 일단 시간은 있으니, 잠시 기다렸다가 좋은 소식을 들고 가자. 그럼 태조께서 그녀를 아주 예뻐해 주시겠지.

제 40 화

프린태니어
part 7

프린태니어 시는 황량한 에스티발 시보다는 훨씬 더 복작거렸으나 이미 리버필드 시의 온화한 기후와 어마어마한 규모, 그만큼 밀려드는 관광객 숫자에 익숙해진 수하에게는 그냥 작은 도시에 불과했다.

'어쩐지 쓸쓸한 곳이야.'

그녀는 그녀의 기준으로는 좀 정신없이 번쩍거리는 레일건의 조명을 멀리 바라보며 생각했다.

'내 능력보다 훨씬 뛰어난 능력을 가진 뱀파이어겠지?'

수하는 쉽게 안개로 변하던 여자 뱀파이어를 떠올리며 생각했다.

한참 연습해서 아주 극적으로 안개가 되었던 수하는 그 여자 뱀파이어를 잡기엔 역부족일 것이다.

'부상입은 애들이 있으니까 마음이 안 좋아.'

헬리나 칸은 책임감이 있는 리더들이라 더 부담이 심할 거다.

그녀는 저쪽 거실 끝에서 이런저런 이야기를 두런두런하는 늑대인간 소년들과 뱀파이어 소년들을 바라보았다.

"춥냐?"

불쏘시개를 집어 든 지노가 가까이 다가와서 벽난로를 뒤적였다. 불을 피워도 되는 건가, 했더니 내내 누군가 살았던 집이라 상관없단다. 프린태니어의 여느 집들과 마찬가지로 이 건물 굴뚝에서도 회색 연기가 나오고 있을 것이다.

"괜찮아."

"눈이라도 좀 붙여라."

"언제 시작한대?"

뭐 하나 깨지는 거야 아무것도 아닐 정도로 분위기가 살벌한 것 같더니, 수하가 싸움 구경 한번 하고 싶다고 한 말에 언제 싸우려고 했냐는 듯 소년들은 참 우호적으로 서로를 대했다.

덕분에 레일건 마스터를 어떻게 공격할지에 관한 대화만 활발하게 오가는 중이다.

"아직."

"그치?"

하지만 지금 부상자도 있고, 이번에 두 번이나 붙어본 여자 뱀파이어, 레일건 마스터로 추정되는 이가 너무나 강력한 데다 바깥에서는 계속 드리프터들이 설치고 다니니 뾰족한 수가 없었다.

그래서 이야기가 계속 빙빙 돌기에 수하는 잠깐 머리를 식히러 이쪽으로 와 입을 열었다.

"어려운 일이야. 점점 어렵기만 하지만."

"왜, 점점 강한 놈이 자꾸 튀어나와서?"

그녀가 고개를 끄덕이니 지노는 픽 웃으며 말을 이었다.

"원래 그래. 그래도 여내ㅆ시는 무난하게 온 걸 보면 우리도 만만찮게 센가 봐."

"너네 다 강하잖아. 드리프터들이 너네 가까이 가지도 못하고 막 날아가던데?"

지노는 그녀의 말에 이젠 소리를 내서 웃기 시작했다.

"무슨 소리야, 그거 네 얘기잖아. 너 아주 집어 던지더라."

"뭘?"

뒤에서 솔론이 오더니 물었다.

"어? 아, 수하 얘기했어. 드리프터들을 집어 던졌다고."

"어. 그랬지. 집어 던졌지. 무기가 따로 필요 없겠더라고."

"너도 집어 던져줄까?"

"살려주세요."

수하의 말에 표정도 안 바꾸고 태연하게 대꾸한 솔론이 그녀의 옆에 앉았다. 수하는 그런 솔론의 표정을 한참 쳐다보았다.

"왜? 뭐가 이상해?"

얜 또 왜 뚫어져라 쳐다봐? 솔론은 조금 당황했다.

"이젠 좀 괜찮아?"

새삼스럽게 못생겨 보이나 보다, 하고 실없는 소리를 슬쩍 건네려던 지노는 수하가 솔론에게 묻는 말을 듣고 멈칫거렸다.

"나? 나 왜?"

물론 질문을 받은 솔론도 더 당황했다.

"계속 기분이 안 좋았던 거 같아서. 내 착각이었나?"

수하는 고개를 갸우뚱거렸다.

"솔론 쟤 원래 표정이 늘 기분 나쁜 표정 같지 않았어?"

"아니, 그래도 달라. 지노 너도 다른데?"

빙글빙글 웃으면서 놀리려던 지노도 멈칫할 정도로 수하는 확신을 가지고 말했다.

"이젠 괜찮은 거야?"

괜찮냐고? 솔론은 그녀의 질문을 곱씹어 보았다.

"……조금."

괜찮은 것도 같다. 묵직하던 마음이 한결 가벼워졌다.

"그래? 그럼 다행이다."

수하는 더 물어보지 않고 고개를 끄덕였다.

괜찮으면 됐지, 뭐. 그녀도 자신이 이상한 건가, 어디가 잘못된 건 아닌가 한참 고민하다가 이제 겨우 답을 찾아가고 있는 중이라 이해했다.

"나 때문에……, 일이 벌어진 줄 알았어."

하지만 솔론은 갑작스럽게 툭 입을 열었다.

그답지 않은 행동에 지노가 당장 놀라서 눈이 커지는 게 보였다.

따지고 보면 수하는 만난 지 얼마 되지도 않은 사람이지만, 곧 죽어도 비밀로 하고 싶던 늑대인간 혼혈이라는 사실을 버젓이 내보였기 때문일까? 아니면 헬리에게 이미 솔직하게 말하고 위로를 받았기 때문일까?

이상하게도 말하는 게 그리 어렵지 않았다.

"너 때문이라니 그게 무슨 말도 안 되는 소리야?"

아, 지노가 놀란 건 솔론이 솔직하게 말했기 때문이 아니라 내용 때문이었나 보다.

"나는 뱀파이어와 늑대인간 혼혈이잖아."

"야, 너……."

절대로 입 밖으로 내지도 않던 말을 툭 뱉고 나니 오히려 편했다.

"응. 그런가 보다 하고는 있었어."

수하는 고개를 끄덕이기만 했고, 지노는 아휴, 하고 한숨을 쉬더니만 제 붉은 머리카락을 마구 헤집었다.

"보통은 절대 생겨날 수 없는 조합이야. 그 이유는 저 뒤만 봐도 알겠지?"

솔론은 그들의 등 뒤를 가리켰다. 뒤에서 나머지 뱀파이어 소년들과 늑대인간 소년들이 공격방법에 대해서 치열하게 토론을 하는 중이었다.

"저기에서 소파가 날아다니지만 않은 것만으로도 대단한 거야. 서로 보기만 하면 으르렁대고 죽이려고 하니까. 뭐, 우리도 며칠 전까지만 해도 그랬고. 그런데 혼혈이라니, 존재해선 안 되는데 버젓이 존재하는 거지."

솔론이 픽 웃으며 말을 이었다.

"우리 일곱 명은 예전에 보육원에서 함께 살았던 적이 있거든. 그러니까, 지노 형, 내 말은……."

웃다가도 본론을 말하는 건 어쩐지 쑥스럽고 묵직하게 느껴진다. 솔론은 괜히 뒷목을 긁적였다.

"어릴 때 보육원에 드리프터들이 습격한 적이 있었는데, 그게 내 탓인 거 같았어. 자꾸……, 이번에 마주한 그 여자도 그렇고 날 아는 척하니까. 있어선 안 될 걸 본 것처럼 말하고……."

타닥 소리를 내며 타들어 가는 벽난로 불빛에 비친 솔론의 얼굴이 조금 힘이 없어 보였다.

지노는 손을 뻗어서 그의 다부진 어깨를 붙잡았다. 백 마디 말보다 다독이는 손길 하나가 훨씬 힘이 된다는 걸 형제들은 이미 다 알고 있었다.

"힘들었겠다. 나라도 그런 생각 했을 것 같아."

혼자 형제들과 달랐으니 더 고민이 깊었을 거다. 수하는 말이 없고 언뜻 외로워 보이기도 했던 솔론의 예전 모습을 떠올리며 고개를 끄덕였다.

"나도 내가 이상하다고 손가락질받는 게 전부 다 내가 잘못해서 그런 줄 알았거든."

"수하 넌 이상하지 않아."

솔론이 고개를 흔들자마자 지노가 바로 말했다.

"그래. 보육원이 그렇게 된 게 솔론 네 탓도 아니야."

"잠깐 그런 생각을 했다는 것뿐이야."

생각도 못 해? 솔론은 괜히 귓가가 붉어져서 중얼거렸다.

"그만큼 네가 형제들을 사랑하는 거지."

얼떨떨하게 수하를 보던 솔론은 아무런 말도 하지 못하고 벽난로로 시선을 돌렸다.

"수하 넌 어떻게 그런 말을 아무렇지도 않게 하냐?"

그가 하고 싶은 말을 지노가 대신해줬다.

"사랑이 뭐 어때서? 더 잘해주고 싶고, 피해 입히고 싶지 않고, 그런 마음이지, 뭐 별거냐?"

"아, 부끄러워."

아웅다웅하는 소리 너머로 장작이 타닥타닥 조용히 타들어 가고 있었다.

수하는 아래를 내려다보았다. 딱 맞는 승마 부츠와 승마복을 입고, 머리도 야무지게 묶었다.

활동하기엔 편했다. 귀찮게 따라붙는 기사들을 따돌리고 도망 다니기도 좋았고. 어머니인 여왕님은 하나밖에 없는 후계자인 공주가 몸이 약하다 못해 병에 걸렸다는 걸 늘 걱정해서 호위기사를 일곱이나 붙여놓은 것도 모자라 기사단을 더 붙여 놨다.

이해하지 못하는 건 아니지만.

몸이 약한 공주에게 병이 있다는 사실을 안 직후부터 아무래도 엄마는 미음을 굳힌 모양이다.

기어코 왕실 수장고 안에 있는, 이른바 '신의 피'를 사용하실 생각인가?

아가, 엄마가 꼭, 무슨 수를 써서라도 낫게 해줄게. 그러니까 걱정하지 마. 응?

아마 신의 피를 사용하는 의식은 곧 시작될 모양이다.

그럼 진짜로 늑대 신 바르그의 피를 꿀꺽꿀꺽 다 마셔야 하나?

으. 피가 약이라니. 비리겠다.

그녀는 어깨를 부르르 떤 뒤 창을 넘어 왕궁 이곳저곳을 괜히 쏘다니기 시작했다.

물론 일곱 기사들에게 걸리지 않도록 조심해야 했다. 대충 놀다가 걸리기 전에 돌아가면 되는 거지, 뭐.

그녀는 거대한 왕궁 구석구석을 알았다. 어디가 몸을 숨기기 좋은지도 잘 알았다.

……공주가 신의 피를 마시면, 병이 나을까요?

왕궁을 돌아다닐 때 주의해야 할 점 중 하나는 이렇게 그녀에 대한 이야기를 본의 아니게 듣게 된다는 것이다.

여왕이라고 해서 그 귀한 피를 자신의 딸에게 주다니, 불공평합니다. 왕이 된 자의 특권이다, 이겁니까?

불쾌한 목소리들은 전부 여자였다. 두 사람인데, 목소리가 비슷하다.

수하는 잠시 엿듣는 것과 이 나라 후계자로서 정치 상황을 파악하는 것, 두 가지 사이에서 갈등하다가 이내 마음을 굳혔다.

벽을 따라 슬쩍 걸어가 보니 아무도 없는 정원에서 목소리를 죽이고 대화하고 있는 세 사람이 보였다.

왕은 왕이지. 그 누구도 감히 왕권에 도전할 수 없어.

부드러우나 낮고 힘 있는 목소리에 오싹 소름이 끼쳤다. 재상이다.

두 사람 다 말조심하도록. 그 피는 늑대신 바르그께서 직접 왕실에 선물하신 것이니, 여왕께 모든 권한이 있네.

점잖은 목소리는 겉으로는 왕권을 아주 강력하게 비호하는 듯 들린다. 그는 젊고 준수한 외모를 가졌고, 현명한 판단으로 여왕의 오른팔 역할을 했다.

하지만 수하는 안다. 저 남자는 공주를 늘 못마땅하게 여긴

다. 정확하게는 왕국 후계자의 자격에 미치지 않는다고 생각한다.

고대부터 이 왕국을 지켜온 수호신께서 결정하신 일이니 그 피가 어떻게 쓰이든 우리가 떠들어댈 일이 아니지.

재상의 말에 그 앞에 있던 사람 둘은 일단 입을 다물었다.
어라? 그런데 두 사람이 아주 똑같이 생겼다. 쌍둥이인가?
입고 있는 의상이나 태도로 봐선 재상의 아래에서 일하는 비서관이나 무관쯤 되는 모양이다.

메력적인 위치이기도 히지. 신이라는 은빛 늑대가 직접 수호하고, 나라를 휘두르는 권한을 유일하게 지닌 존재이니.

재상이 빙긋 웃으며 말하자 수하의 가슴 한켠이 서늘해졌다.
충신이 저런 말을 하나? 그럴 리가 없었다. 그때 재상은 시선을 돌렸다.
'설마?'

마치 공주가 있는 곳을 똑바로 보는 것 같은 시선이다. 설마 들킨 건가?

공주님.

그때 그녀를 부르는 목소리가 들렸다. 정확하게는 귀가 아니라 머릿속에서 들렸다.

헬리! 헬리다!

수하는 어디로 사라지든 그녀를 바로 찾아오는 존재를 찾아 두리번거렸다.

이리로 오세요.

정원에 늘어진 식물들은 진한 그림자를 만들어낸다. 까맣게 드리워진 그림자 사이에 몸을 숨긴 노아와 헬리가 보였다.

두 사람 모두 저들이 하는 이야기를 들었는지, 표정이 그리 좋지 못했다.

그때 재상이 자리에서 일어나 수하가 있는 곳을 향해 성큼 성큼 걸어오기 시작했다. 어쩐지 엿들었다는 것을 들키면 큰

일 날 것 같았다. 그녀는 급히 소리 없이 움직였다. 시간이 얼마 없었다.

다르단 님? 어디로 가십니까?

여자 하나가 의아해하며 물었다.

노아가 그 여자를 낮은 담장 너머로 힐끔 보며 어서 이쪽으로 오시라고 손짓했다.

헬리는 이미 그의 검을 꽉 쥐고 있었다. 마치 그들이 공주가 이곳에 있다는 걸 아는 순간, 공주에게 해를 끼칠 것이라는 듯 잔뜩 긴장한 상태였다.

이쯤에서 고양이가 몰래 쳐다보는 것 같아서.

고양이라. 하. 왕권을 찬양하는 놈이 다 안다는 표정으로 고양이를 운운하다니.

기가 막힌 수하는 빠르게 기사들이 내민 손 안으로 몸을 던졌다.

내 착각인가?

재상은 어깨를 으쓱거리며 다시 쌍둥이가 있는 쪽으로 돌아
갔다.

정원 모퉁이를 돌아 숨을 죽이고 선 노아와 헬리, 그리고 수
하의 눈이 마주쳤다.

🌙

노아는 새파랗게 질린 채 벌떡 일어났다.

뱀파이어 소년들이 종종 꾸는 꿈은 엇비슷했다. 비슷한 시
간대의, 그들이 알지 못하는 나라에서 알지 못하는 여사를 시
킨다. 아는 얼굴이야 형제들의 얼굴이었고, 수하가 등장한 후
에는 꿈속의 여자와 그녀가 똑같은 얼굴을 하고 있다는 걸 알
았을 뿐이다. 그런데 오늘 꾼 꿈에서 또 아는 얼굴이 나왔다.

······노아야?

혹시 일어났나, 하고 떠보는 헬리의 목소리가 조용히 그에게

만 들렸다.

형도 봤어?

일어났구나.

형도 꿈꿨어? 봤어?

재차 묻는 말에 헬리는 곧장 대답하지 못했다.

수하도 같은 꿈을 꿨을까?

너, 무슨 꿈을 꿨어?

목소리가 착 가라앉은 헬리가 물었다.

그 쌍둥이! 나랑 붙었던 여자 뱀파이어랑 똑같은 얼굴이잖아!
재상이랑 함께 있던!

확신과 짜증, 성급함과 충격이 섞인 노아의 대답이 빠르게
돌아왔다.

제 41 화

프린태니어
part 8

"야, 수하야!"

와당탕 달려나가는 노아의 뒷덜미를 급히 뛰쳐나온 헬리가 잡아챘다.

불침번을 서고 있던 소년들이 쟤네 또 잘 자다가 왜 저러냐며 고개를 내밀었고, 소란에 잘만 자고 있던 소년들도 눈을 비비며 일어났다.

"나오는 거 기다려. 쳐들어가는 건 실례야."

"아."

노아는 당장 얌전히 섰다. 그러곤 뻔뻔하게 헬리를 쳐다보았다.

"한번 물어봐."

"자는 애한테 뭘 물어봐?"

"같은 꿈 꿨냐고. 한번 물어봐."

"꿨겠어? 너도 빨리 들어가서 다시 자."

꿈이야 언제나 뱀파이어 소년들끼리 드문드문 꾸던 것이니 수하가 같은 꿈을 꿨을 리가 없다.

"형, 지금 나랑 똑같은 꿈을 꿨잖아."

굳이 그렇다고 대답하지 않아도 안다. 노아는 강한 확신을 가지고 헬리를 붙잡았다.

"꿈에서 본 얼굴이 나랑 붙었던 바로 그 얼굴이야."

희번덕대는 눈으로 주변을 살피고, 사정없이 달려들어 목숨을 끊어놓으려고 하던 그 여자 뱀파이어. 카밀과 함께 그녀와 싸웠던 노아는 그녀의 얼굴을 절대로 잊을 수 없었다.

"꿈이라니, 그게 또 무슨 소리야?"

마침 자고 있다가 깬 카밀이 하암, 하고 길게 하품하며 울었다.

물론 서로를 마주 보고 있는 노아와 헬리가 대답을 해줄 리가 없었기 때문에 카밀은 옆을 돌아보았다. 마침 불침번을 서느라 깨어 있던 지노가 있었다.

"쟤네 무슨 소리 하는 거냐?"

다시 물었지만, 지노는 심각하게 얼굴을 굳히며 팔짱을 꼈다.

뭐야? 카밀은 이쪽으로 걸어오는 칸과 눈이 마주쳤다. 아무래도 뱀파이어들끼리 공유하는 어떤 중요한 일이 있는 모양이다.

"뭐야, 갑자기 자다가 벌떡 일어나서 꿈이 어쩌고 하길래 놀리려고 했더니……."

턱을 치켜들고 뱀파이어 소년들을 슥 훑어본 카밀은 어깨를 으쓱거리며 도로 들어갔다.

"무슨 일 있어?"

전부 우르르 나와 있으니 칸도 물어보지 않을 수 없었다.

"아니야. 별것 아니니까 신경 쓰지 마."

고개를 흔드는 헬리의 표정에 별것 맞다는 결론은 내렸지만, 저건 뱀파이어 소년들 내부의 일인 듯하니 칸은 물러나기로 했다.

그나저나 수하를 냅다 찾는다, 라. 칸은 그게 좀 마음에 들지 않았다.

뱀파이어들 사이에 있는 유일한 인간이라니, 늑대인간이라면 당장 기함하며 구해 오는 게 맞다.

하지만 수하가 연약한 인간인가?

'그건 결코 아니지.'

여기에서 싸움이 나면 슬쩍 자기도 껴서 기량을 겨룰 기회를 호시탐탐 노리고 있는 수하는 절대로 연약하지 않다. 솔직히 칸도 그 주먹에 얻어맞는 건 사양이었으니까.

그럼에도 불구하고 하얗게 질린 노아가 냅다 수하의 방으로 쳐들어가려던 게 거슬리고 마음에 들지 않았다. 헬리도 그와 똑같은 생각을 한 모양인지 당장 막아서 다행이었지만.

'똑같은 생각이라.'

고개를 까딱인 칸은 몸을 돌려 원래 있던 방으로 돌아갔다.

"다시 자러 가. 잘 시간도 부족하잖아."

헬리는 슬슬 돌아가는 늑대인간 소년들의 뒷모습을 보며 동생들 역시 다시 돌려보냈다.

무슨 일이 있었는지 이야기하는 건 날이 밝고 나서 조금이나마 평화로울 때 해도 된다. 물론 그사이에 그는 꿈에 대해 생각하고, 생각하고, 생각하고, 또 생각하겠지만 말이다.

"아니, 이건 좀 말이 안 돼. 나랑 형이 같은 꿈을 꾼 거야 그렇다 쳐. 하지만 어떻게……?"

물론 그가 등을 떠밀어도 자러 갈 생각이 전혀 없는 노아도 마찬가지였다. 노아의 앳된 얼굴이 심각하게 굳었다.

"어떻게 현실에서 본 뱀파이어가 나타나지? 이런 적은 한 번 도 없잖아?"

어서 보라고, 내가 무슨 꿈을 꿨는지 보라고 노아는 자신의 생각을 헬리에게 한껏 노출했다.

헬리의 기억에도 선명하게 남아 있는 꿈이 또다시 펼쳐진다. 두 사람이 사라진 공주님을 찾아 여기저기 뒤지고 다니다가, 듣지 말아야 할 일을 듣고 있는 공주님을 발견하는 장면이다.

"지노 형, 형은 꿈에 아는 얼굴이 나온 적 있어?"

지노는 씩 웃었다.

"보통 꿈에는 아는 얼굴이 많이 나와."

"아, 말고! 내가 무슨 말을 하는지 알잖아. '그 꿈' 말야, '그 꿈'!"

통칭 '그 꿈'. 십대 소년들이 서로 터놓고 말하기엔 민망하고 부끄러운 '공주님과 기사들'이 나오는 꿈.

저마다 각각 자신의 시점으로 꿈을 꾸는지라 서로 내용은 달랐지만, 그게 가끔 이어지기도 하고 결국 같은 시대의 이야 기라는 걸 알게 된 건 순전히 헬리의 이능력 때문이었다.

"맨날 나오는 얼굴들이잖아. 우리랑, 수하 쟤랑."

지노의 긴 손가락이 뱅그르르 돌면서 형제들을 가리긴 뒤,

끝에는 턱으로 노아의 뒤를 가리켰다. 노아는 지노를 따라 뒤를 돌아보았다. 열린 문에 고개만 쏙 빼고 있는 수하가 보였다.

"무슨 일이야, 왜 그래?"

습격을 받았다면 다들 복도에 서서 한가하게 말을 하고 있을 리는 없었다. 물론 그녀는 꿈 때문에 너무 놀라서 벌떡 일어난 거지만 말이다.

"아니, 아무것도 아니야."

노아는 저도 모르게 고개를 흔들며 지노를 슬슬 밀었다.

"가자, 형. 아무것도 아니니까 잘 자, 수하야!"

"야, 나는 왜 밀어? 너 수하한테 물어보려고 했던 거 아니야?"

장난기 가득한 지노의 말에 노아는 황급히 그의 입을 막으며 목소리를 낮췄다.

"아, 좀 조용히 해! 그걸 어떻게 물어보냐고!"

"아까 용감하게 가지 않았냐? 수하야, 노아가 꿈을 꿨는데, 세상에, 네가 공주님이고 노아는 기사님이래."

"제발 닥쳐주세요, 세상에서 제일 잘생기고 멋진 지노 님."

"좀 더 성의와 정성을 다해서 부탁해봐."

"닥치지 않으면 형도 같이 나오는 꿈이라고 다 까발릴 거야."

지노와 노아가 잘 들리지 않을 만큼 작은 소리로 뭐라 말하면서 저들끼리 엎치락뒤치락하는 사이, 그 모습을 몸으로 싹 가린 헬리가 얼른 웃어 보였다.

"아무것도 아닌 일이었어. 시끄럽게 해서 미안해. 얼른 자."

표정은 자연스럽고 목소리는 매끄러우며 태도는 예의가 바르다. 지나치게 완벽할수록 수상하다는 걸 수하도 이제 슬슬 배우기 시작했다.

그녀는 눈을 가느스름하게 뜨고 헬리를 쳐다보았다.

"왜, 왜?"

하지만 완벽한 얼굴도 그녀가 표정을 조금만 바꾸기 시작하면 바로 무너진다.

"나중에 무슨 일인지 얘기해줄 거지?"

"응. 지금은 너무 늦었잖아. 얼른 자."

"내가 그냥 넘어가 주는 거야."

"응. 고마워."

"아니, 뭐, 고마울 것까지야 없고……."

수하는 웅얼거리면서도 문고리를 잡고 그를 좀 더 바라보다가 문을 닫았다.

그녀 역시 꿈 때문에 놀라 깨어났지만, 그걸 헬리나 다른 친구들에게 말하고 싶지는 않았다.

그녀가 공주님으로 나오는 꿈이라는 데서 이미 절대로, 죽어도 말 못 할 꿈이다. 안개화 능력이 있던 레일건 마스터가 꿈에 나온 건 그저 스트레스를 많이 받고 있기 때문이겠지.

'어쩐지 처음 꿈을 꿨을 때부터 내내 이어지고 있는 것 같긴 한데, 우연이겠지.'

수하는 고개를 흔들고 다시 침대에 누웠다.

애들은 왜 뛰쳐나왔던 걸까?

그녀는 이런저런 생각을 하다가 다시 꿈을 곱씹었다. 꿈이라고 그냥 넘어가기엔 절대 잊을 수 없는 얼굴이 하나 있었다.

'그 재상이라는 사람, 진짜 무서웠어.'

이유는 모르겠지만 온몸에 소름이 돋아 당장 도망쳐야 한다고 본능이 비명을 질렀다. 그런 무서운 사람은 현실에선 만나지 않았으면 좋겠다. 그녀는 뒤척이며 눈을 감았다.

🌙

"마스터."

레일건 마스터 트레나는 부하가 공손하게 부르자 고개를 들었다.

"찾았습니다."

"어디에?"

"이 근처입니다."

이 근처라고? 트레나는 눈동자만 휙 움직여서 부하를 바라보았다.

"저희도 놀랐습니다. 생각보다 가까이 와서 버젓이 머무르는 걸 보면 아주 대담한 놈들입니다. 그래서 마스터께도 함부로 덤볐나 봅니다."

아부를 한 스푼 섞은 보고에 트레나는 턱을 문질렀다.

"그렇군. 대담하네. 믿는 구석이 있어서 그럴지도 모르지."

"예? 믿는 구석이라뇨? 설마 이 어린놈들의 배후가 또 있다는 뜻입니까?"

트레나는 대답하지 않고 생각에 잠겼다. 그녀의 추측이 맞다면, 이 어린 뱀파이어들은 그녀가 아는 뱀파이어들이다.

'하지만 예전만큼의 힘은 없어.'

떼로 덤빈다면 그녀가 감당하기 어렵겠지만, 겪어보니 할 만했다. 자꾸 약을 올리며 빠져나가서 문제지만, 그거야 이쪽에서도 전력을 다해 부딪치면 될 일 아닌가.

"인원은?"

"파악 중입니다."

트레나는 미간을 찌푸렸다.

"어린놈들이 생각보다 경계가 심합니다. 이렇게 정체를 알 수 없는 놈들은 저희도 처음입니다. 죄송합니다."

모시고 있는 마스터의 성질머리를 잘 알고 있는 부하가 냅다 고개부터 숙였다. 이런 때는 무조건 죄송합니다, 잘못했습니다 부터 말하는 게 최선이다. 그래야 날아오는 물건도 좀 맞을 만하다.

"……그놈들의 정체는 내가 알아."

어라? 생각보다 더 온건한 마스터의 반응에 부하는 눈을 꿈뻑거렸다.

"그런데 개까지 키우고 있을 줄은 몰랐지."

'개'. 트레나가 말하는 그 '개'들이란 뱀파이어 소년들과 함께 있던 늑대인간 소년들을 가리켰다.

"에스티발은?"

"그으게……."

트레나는 당장 책상 위에 있던 디캔터를 집어 들었다. 안에

술이 담겨 찰랑거리고 있지만, 저게 언제 날아올지 모른다. 부하는 눈을 질끈 감고 외쳤다.

"에스티발 시 물류창고는 불에 탔습니다!"

"뭐?"

예상치 못했던 대답에 트레나는 잠시 멍하니 부하를 바라보았다.

불에 탔다고?

"아, 그래……. 불에 탈 수도 있지……. 불이야 날 수도 있는 건데, 일레인은?"

에스티발 시 물류창고 총책임자 일레인이 그 일에 대해 보고를 하든, 뭘 어쨌든 해야 할 거 아닌가.

당장 늑대인간을 납치해서 끌고 오는 모든 소식방은 결국 트레나가 관리하고 있다. 그런 큰일은 직접 와서 말을 하든가 전화라도 해야 할 거 아닌가.

"죽었습니다. 시체를 확인했습니다"

"불에?"

"그게……."

"남아 있던 늑대인간들과 거길 지키는 드리프터들이 있을 거 아냐. 뭘 한 거야?"

이거 어쩐지 이상하다. 트레나는 아주 오랜 세월 동안 그녀를 지켜주었던 육감이 꿈틀거리는 것을 느꼈다. 이상하고, 대단히 수상하며 마땅히 경계해야 할 일이다.

"다 죽었습니다."

트레나는 '뭐?'라고 묻지도 못했다.

"창고는 타고, 안에 있던 시신들은 드리프터들이 전부였습니다. 대부분 늑대인간들에게 물어뜯긴 상처였습니다. 잡아놨던 늑대인간들은 하나도 없습니다."

덜덜 떨리는 목소리로 보고를 한 부하는 마스터의 눈치를 살피고 또 살폈다. 한참 말이 없던 트레나는 들고 있던 디캔터를 다시 책상 위에 올려놨다가, 허 하고 기가 막히다는 듯 한숨을 쉬곤 다시 들어 올렸다. 이크!

"내가 이해가 안 돼서 그러는데."

디캔터가 날아오지는 않았지만 그게 더 무서웠다. 트레나는 새빨간 눈을 굴리다 부하를 쳐다보며 디캔터에 담겨 있던 술을 잔에 옮겼다. 핏빛 액체가 내려앉았다.

"어떻게 거기 있던 놈들이 다 죽을 수가 있지? 특히 일레인이 말이야."

늑대인간의 피만 던져주면 모두가 다 트레나에게 충성했다.

아니, 그녀의 아랫세대 뱀파이어들이라면 죄다 그랬다.

그걸 마시면 좀 더 강해질 줄 알고, 윗세대와 감히 어깨를 나란히 할 수 있을 줄 알고 그릇된 꿈을 꿨다. 사실 절대 그럴 리가 없다는 걸 알면 어떻게 무너질까, 하고 궁금하긴 했는데 말이다.

특히 일레인이 그 사실을 알았을 때 어떻게 반응할지 자못 궁금했다. 그런데 죽었다고?

"아무래도 습격이 있었던 것 같습니다."

"그래도 그렇지 구조 요청이라도 있었을 거 아냐!"

"없었습니다."

트레나는 숲에서 단순히 애송이들이라고 치부할 수 없는 늑대인간과, 뱀파이어이자 늑대인간의 능력까지 다 가지고 있는 괴상한 녀석까지 상대하던 때를 떠올렸다.

그녀를 잡기 위해 달려들던 놈들 외에 불덩어리까지 날아왔었지. 또, 지난밤에 별 요상한 재주를 부리던 뱀파이어들은 어떠한가?

전부 다 그녀의 기억에 있는 어린놈들이다. 그놈들이라면 일레인이 버티고 있는 에스티발 시 물류창고를 쑥대밭으로 만들 수 있다.

"그래……. 이론상으로는 가능하지. 특히 습격이 있었다면……."

중얼대던 레일건 마스터 트레나의 눈이 번뜩거렸다.

"그럼 우리도 습격해야지."

당장.

제 42 화

프린태니어
part 9

레일건 마스터 트레나는 아주 긴 시간을 살아온 1세대 뱀파이어였다.

고귀하신 최초의 뱀파이어에게서 귀중하고도 붉디붉은 피를 받아 뱀파이어가 된, 그 누구도 넘볼 수 없는 존재.

그녀는 뱀파이어가 된 순간부터 피를 즐겼고, 뱀파이어가 되기 전부터 살육을 즐겼다. 파괴와 폭력은 그녀의 본능이나 다름없었다.

그녀의 쌍둥이 언니 트리샤는 우아하고 젠체하길 좋아해서 깔끔을 떨었지만, 사실 쌍둥이의 기질이야 비슷했다.

"에스티발 시 물류창고에 붙잡혀 있던 늑대인간은 십여 명입니다. 열다섯 명가량 되었던 것 같은데, 서류까지 전부 불에 타서 정확하지 않습니다."

공을 세우는 것에 눈이 멀어 관리하고 있던 거대한 창고 하나가 날아갔다는 걸 몰랐던 트레나는 마음이 조급해졌다.

최초의 뱀파이어 태조께서는 지금도 그들을 위해 더 큰 힘을 찾아 헤매고 계신데, 그분의 목표에 걸림돌이 되다니 있을 수 없는 일이다.

'트리샤가 알면 배를 잡고 웃겠지.'

물론 여태까지 트리샤가 백 년에 한 번 실수를 할 때마다 신나게 웃어줬던 트레나다. 그녀는 자신이 했던 일은 생각하지 않고 이를 악물었다. 쌍둥이 언니의 짜증 나고 재수 없는 반응과는 별개로, 늑대인간들의 이송에 차질이 빚어졌는데 그걸 몰랐다는 건 너무 커다란 실책이었다.

"그래서 에스티발 시 물류창고에 이송되어야 할 늑대인간들을 둘 곳이 사라졌습니다. 그 때문에 이송하던 배 안에서 소란이 일어 드리프터들이 당황한 틈을 타 탈출한 늑대인간들이 몇 있다고 합니다."

"그걸 왜 내가 이제야 아는 거지?"

"죄송합니다."

당연히 숨기던 놈이 있었으니 이제야 알게 된 거다. 애초에 덜덜 떨면서도 프린태니어 시 레일건 마스터에게 이 일에 대한 제보를 하겠다는 놈이 왜 있었겠나.

트레나는 적어도 자신이 그때 직접 나가길 잘했다고 생각했다. 그나마 일찍 이야기를 들어서 조사를 시작했으니 망정이지, 물류창고에서 늑대인간들을 받아 하역하던 반장이 더 뭉개고 있었다면 어떻게 되었을까?

'그땐 꼼짝없이 태조께서 하시는 원대한 일에 차질이 빚어졌을 거야. 큰일 날 뻔했어.'

물류창고에서 이쪽으로 이송되었어야 할 늑대인간들이 당장 사라졌으니 그건 그거대로 큰일이었다.

그러니 프린태니어 시를 돌아다니는 저 건방진 늑대인간 소년들부터 통째로 잡아다 태조께 바치자. 더 신선하고 혈기 넘치며, 보통 늑대인긴들보다 훨씬 능력이 뛰어난 듯했으니 태조께 아주 큰 도움이 될 것이다.

"정말 죄송합니다, 마스터."

부하들은 그녀가 물건을 파괴하다 못해 자신들의 목을 꺾어버릴까 봐 극도로 두려워하며 연신 빌었다.

"지금은 아직 늦지 않았다."

프린태니어 시의 술집 레일건에서 늑대인간들을 납치해 오는 모든 조직을 총괄하고 있던 마스터는 부하들을 보며 입을 열었다.

"이쯤에서는 우리가 수습할 수 있어."

부하들의 얼굴에는 짙은 결의가 서렸다.

한 번도 겪어보지 못했던 엄청난 사고에 모두가 당황했지만, 역시 믿을 건 고귀하신 뱀파이어의 오른팔인 마스터뿐이었다. 그들을 죽이지 않는다면, 마스터는 가장 든든한 우두머리이기도 했다.

"무엇보다 늑대인간들은 더할 나위 없이 상태가 좋다."

바꿔 말하면 생포가 상당히 힘들 거라는 뜻이기도 했다. 하지만 트레나 앞에 모인 뱀파이어들은 씩 웃기만 했다.

"함께 움직이는 어린 뱀파이어들은 내가 아는 놈들인 것 같다. 하지만 걱정할 거 없어. 이 정도 인원이라면……."

트레나는 술집 레일건을 꽉 채운 뱀파이어들을 돌아보았다. 하찮은 드리프터들과는 비교할 수 없을 정도로 뛰어난 뱀파이어들이다. 여태 트레나가 레일건을 오래도록 운영하면서 고르고 골라온 윗세대 뱀파이어들이자 소중한 그녀의 무기들이기도 했다.

"아직 능력이 모자란 그 어린놈들은 아무것도 아니야."

보아하니 본디 제 능력의 반도 제대로 사용하지 못하고 있었다. 그렇다면 트레나의 선에서 끝날 일이다.

일곱 놈이 다 있으려나? 어쨌든 그놈들의 목을 따고, 늑대 인간들을 질질 끌어다 태조께 바치면 그분께서 얼마나 기뻐하실까?

상상하니 황홀할 지경이었다.

"당했으니 똑같이 되돌려줘야지."

그녀의 말에 뱀파이어 부하들은 낄낄대며 웃었다. 얼핏 들으면 레일건에 늘 넘쳐나던 술꾼들의 웃음소리와 같았지만, 좀 더 음험하고 어두웠다.

"불을 지르고, 뛰어나오는 대로 사냥한다."

"예!"

들썩거리는 움직임에 레일건의 낡은 소녕이 삐걱대며 흔들렸다. 뱀파이어들이 널뛰어대는 그림자가 흔들리는 조명을 따라 어지럽게 춤을 췄다.

☾

프린태니어 시, 레일건에서 얼마 떨어지지 않은 회색 건물 근처에 뱀파이어들이 스몄다.

그들은 건물을 마치 포위하듯 바라보았다. 좁고 더러운 뒷골목을 공유하며 건물과 건물들이 전부 이어져 있었지만 뱀파이어들은 다른 건물이나 민간인들은 신경 쓰지 않았다. 어차피 자정을 넘긴 시간에 이곳에는 사람들이 거의 없었다.

"어린놈들이 영악하긴."

사람들의 눈을 피해 레일건 코앞까지 스며든 건 머리가 좋았다만, 이렇게 빨리 들킬 줄도 몰랐겠지. 레일건 마스터 트레나는 씩 웃었다.

"시작해."

그녀가 당했던 만큼 똑같이 되갚아줄 테다.

숲에서 그녀를 혼비백산하게 했던 불덩어리와 똑같이, 기름을 잔뜩 머금은 천에 붙은 불이 화르륵 타오르면서 허공을 갈랐다. 이번에는 트레나가 되돌려주는 공격이었다.

기름통에서 쏟아진 기름이 이미 건물 주변을 온통 적셨다. 프린태니어 시의 여느 건물들이 다 그렇듯, 이곳 역시 어지간히 낡았으니 불이 붙기엔 최적의 상태였다.

펑!

기름과 불이 만나면서 얌전하게 불이 붙는 게 아니라, 요란한 소리를 내며 터지기 시작했다. 가까이 있기만 해도 위험하다.

"저러니 애들더러 불장난을 하지 말라는 거지."

트레나의 말에 뱀파이어들이 낄낄 웃어댔다.

펑, 펑 하고 터져대는 불들이 급기야 무섭게 기세를 키우며 건물을 타고 기어오르기 시작했다. 혀를 날름대며 올라간다. 까만 연기가 뭉게뭉게 퍼지는 사이 사나운 눈들이 울며 뛰쳐나올 어린 소년들을 기대하며 가만히 주시하고 있기만 했다. 살의와 피에 대한 열망에 뻘겋게 물든 눈들은 불길보다 더 사나웠다.

어서 나와라, 어서. 나오면 사지를 찢어줄 테다.

그들의 열망에 응답하듯 불길이 더 요란한 소리를 내기 시작했다.

쾅!

건물 한쪽이 갑자기 터져나갔다. 회색 벽이 터져나가 파편이 이리저리 튀고, 그다음에는 가루가 후두둑 떨어진 뒤 먼지가 자욱하게 일었다.

☾

요란한 폭음에 땅이 뒤흔들릴 지경이었다. 수하는 예상은 했지만 깜짝 놀라서 입을 딱 벌렸다.

"저거, 저거, 저거 저래도 되는 거야?"

폭발물을 묻어둔 엔지는 하하 웃기만 할 뿐 대답이 없었다. 저러면 안 되는 건데 한 거구나.

쾅!

첫 번째 폭음보다는 덜 시끄럽지만, 분명히 그에 영향을 받은 두 번째 폭음이 들렸다.

"어어……?"

"야, 좀, 나도 보자!"

수하는 다시 한번 이안의 쌍안경을 빼앗아서 멀리 바라보았다.

"무너지겠는데?"

"무너지겠지. 1층을 죄다 날렸는데."

엔지와 함께 머물던 숙소에 이런저런 장치를 해놓고 나온 나자크가 심드렁하게 중얼거렸다.

뱀파이어 소년들과 늑대인간 소년들, 그리고 수하는 딱 하룻밤만 얼른 자고 나온 숙소가 무너지는 걸 멀리서 조용히 바라보았다.

"최소 5분이야. 5분 동안은 절대 가까이 가면 안 돼."

엔지가 뱀파이어 소년들에게 당부했다. 아니, 잠깐. 이안이 의아하다는 듯 엔지를 쳐다보았다.

"너희, 폭탄에 무슨 짓 했냐?"

"으음, 우리가 여태까지 뱀파이어들을 상대한 경험을 집어넣었지."

"좀 더 구체적으로 말해줬으면 좋겠는데."

하하하, 웃은 엔지가 대답했다.

"첫 번째는 마늘도 더한 폭탄이야. 고위 뱀파이어들한테는 후추 스프레이를 스쳐 맞은 정도지."

마늘이라니. 그런 것에는 전혀 영향을 받지 않는 뱀파이어 소년들은 픽 웃었다.

"하지만 잠시 정신을 못 차리게 할 정도는 돼. 게다가 지들이 피워놓은 불까지 겹쳤으니 아주 화끈할걸? 그리고 두 번째는, 솔직히 이번에 쓰지 않으려고 했는데 지금 아니면 또 언제 쓰겠냐 싶어서."

몹시 아깝다는 표정을 지은 엔지는 한숨을 폭 쉬었다. 대체 뭐길래 저래?

"터지면서 아주 미세하지만 예리한 은 바늘이 사방에 퍼지는 폭탄 50개야.”

엔지 대신 나자크가 씩 웃으며 대답했다.

“우리가 최선을 다해 제작했지. 아주 화끈거릴 거다.”

“그런 건 언제 만들어서 온 거야?”

기가 막힌 자카가 물었다.

“금방 만들어. 몇 갠 원래 가지고 있었고. 너희랑 함께 싸우
면서 전부 다 쓰게 될 줄은 몰랐지만.”

나자크는 가볍게 말하며 엔지의 어깨를 툭툭 쳐주다가 한쪽
눈썹을 치켜 올렸다. 뱀파이어 소년들이 주섬주섬 자리에서
일어났기 때문이다.

“너희 어딜 가?”

“가서 나머지 처리를 좀 해야지. 전력을 아껴야 하니까 전부
다 가지는 마. 노아는 같이 가자.”

“좋아!”

짧게 대꾸하며 가서 쓰러진 잔당처리를 할 인원을 고른 이
안이 고개를 까딱거리며 나자크를 보았다.

“우리는 마늘이니 은이니 그런 것에 영향 안 받거든.”

말이 끝나기 무섭게 뱀파이어 소년들이 휙 사라졌다. 아차
싶은 나자크가 칸을 보았다.

"뭐 해? 쟤네가 괜찮다고 하니까 우리도 상관 않고 가야지."

칸도 이안과 똑같이 고개를 까딱인 뒤 몸을 돌렸다.

늑대인간 소년들도 빠르게 움직였다. 잔여 폭발과 매서운 불길 속으로 두려운 기색 하나 없이 달려갔다.

☾

불길이 어둠 속에서 춤을 추면 그림자도 그만큼 짙고 크다. 바꿔 말하면 이곳은 노아의 권역이었다.

숙소가 폭발한 자리에는 그림자와 함께 화끈한 마늘 냄새 며 반짝거리는 은바늘이 가득했다. 신음하는 뱀파이어들이, 레일건 마스터의 금쪽같은 부하들이 들이닥친 뱀파이어 소년 들과 늑대인간 소년들에 의해 완전히 정리되기 시작했다.

"으아악!"

저렇게 비명을 지르는 건 그래도 여유가 있는 쪽이다. 당장 그림자를 움직이는 노아가 그쪽을 향해 손을 뻗었다.

대부분은 비명도 지르지 못한 채 은바늘에 가득 찔려 녹아 내리다시피 한 상처를 부여잡고 뒹굴다 죽었다. 차라리 소년 들이 내미는 손길이 온정인지도 모른다. 빠른 죽음이니까.

"노아, 한 놈도 빠져나가지 못하게 막을 수 있겠어?"

헬리의 질문에 노아는 미간을 찌푸렸다.

"짧은 시간이라 좀 촉박해."

"새는 부분은 우리가 도울게. 너무 무리하지 마."

칸은 소방서가 있는 쪽을 바라보며 말했다. 사람들 눈에 띄어서는 안 되니, 어차피 여기에서 뱀파이어 잔당들을 정리하는 것도 빠른 시간 안에 끝내고 철수해야 했다.

"하지만 레일건 마스터는 여기서 잡아야 하잖아."

노아의 눈에 의지가 넘실대는 걸 보고 칸은 이번에도 안전한 곳에 두고 온 타헬을 떠올렸다.

어디든 막내는 어떻게든 한 사람 몫을 해내고 싶어서 안달인가 보다.

다음에는 타헬도 실전에 투입할까. 아니, 일단은 부상 입은 소년들이 회복하고 나서 생각해볼 일이다. 당장 노아도 헬리를 비롯한 형들이 절대로 눈을 떼지 않는 중이었다.

"아니, 굳이 여기서 잡을 필요는 없어. 여기서 도망쳤다면 레일건에서 잡으면 되는 거지. 너무 무리하지 마."

칸은 타헬에게 말하듯 노아에게도 부드럽게 말했다.

"그래, 저 말이 맞아. 무리하지 마, 노아."

헬리가 노아의 어깨를 두드린 뒤 검을 쥐고 앞으로 나아갔다.

건물이 추가로 붕괴될 수도 있으니 다들 절대로 무리하지 말고, 근처에서 빠르게 정리한 뒤에 빠지자. 소방차가 올 때까지만 움직여.

뱀파이어 소년들뿐만 아니라 늑대인간 소년들에게도 말을 전달한 그의 눈이 불에 비쳐 반들거렸다.

제 43 화

프린태니어
part 10

레일건 마스터 트레나는 회색 먼지를 뒤집어쓴 채 완전히 폭삭 무너진 건물을 명청하게 쳐다보았다.

본능적으로 뒤로 멀찍이 거리를 벌렸으니 망정이지, 아니었다면 건물에 깔릴 뻔했다. 게다가 코를 찌르는 이 악취는 뭔가. 화끈대는 열기에 얼굴이 쓰라렸다. 마늘이다.

이미 그녀의 부하 중 상당수가 충격파에 휩쓸리거나 날아드는 파편과 은바늘에 맞고, 혹은 미처 피하지 못해 그대로 흙먼지와 부서지는 벽돌 사이로 사라졌다.

"마스터!"

거대한 폭발음에 고막이 멍해서 소리마저 잘 들리지 않았다. 이런 적이 얼마 만이던가. 트레나는 기억을 헤아리다가 접었다. 그녀를 잡은 부하가 고함치는 소리가 아스라하게 들렸다.

"잘 안 들려."

트레나는 웅얼거리며 미간을 찌푸렸다.

"부상당하셨습니다! 어서 자리를 피하십시오!"

"아, 그건 들리네."

자리를 피하긴 뭘 피해. 지금 사냥을 위해 데리고 나왔던 최정예가 반이나 날아간 마당에.

트레나는 여기저기 찢어지고 다친 부하가 부축하는 손을 거절하고 자리에서 일어났다. 일어났다는 건 바꿔 말해 쓰러져 있었다는 거다. 아. 충격파에 조금 휩쓸렸구나. 이제야 기억이 났다.

"저기서 뛰어나온 놈들 있어?"

트레나는 본능적으로 머리를 감쌌던 팔을 쳐다보았다. 화상을 입은 듯 벌겋게 드러난 살에 은바늘이 가득 박혀 있었다. 그녀는 험악하게 얼굴을 일그러뜨렸다.

"발견하지 못했습니다."

"함정이었군."

뒤늦게 트레나의 입에서 다채로운 언어로 알록달록한 욕들이 쏟아졌다. 이 새파랗게 어린 것들이 감히.

그녀는 그러다가도 킬킬 웃었다. 부하가 우리 마스터께서 어디 머리를 다치신 게 아닌가 하고 걱정할 정도로 배를 잡고 웃었다.

"영악한 것들. 그래도 머리는 돌아가네. 그래. 이래야 상대할 맛이 나지."

에스티발 시 물류창고도 날리고, 이번엔 감히 트레나 앞에서 건물도 하나 날려버렸다. 이거 상대하는 재미는 있겠다. 재미는 있는데 분노와 위기감도 같이 왔다. 그래서 더 화가 났다.

"마스터, 사람들이 몰려옵니다."

"지나가다가 휩쓸렸다고 하면 그만이야."

그냥 슬쩍 넘어갈 정도로 레일건 마스터는 이 동네에 오래 있었다. 동네 터줏대감이자 토박이인 그녀가 방화, 혹은 폭발 사건에 연루되었다고 누가 믿을까? 당장 레일건에는 경찰들도 단골로 드나들고 있었다.

사람 좋고, 공짜 술도 퍼주고, 늘 하하 웃기만 하는 오래되고 조금 촌스러운 옛날 술집 주인이 사건 현장 근처에 있었다고? 아이고, 큰일 날 뻔했네. 다친 곳은 없으시고? 경찰차로 레일건까지 태워다 드릴까요? 아, 다들 같이 외출하셨다가 휩쓸리셨구만. 그럼 조심해서 가십쇼.

그런 식으로 끝날 게 뻔했다. 사람들의 신용과 반복되어 쌓인 기억은 대단한 힘을 가지고 있었고, 그 힘을 믿었기에 레일건은 프린태니어 시 구석을 일부러 오래도록 지키고 있었다.

트레나는 비틀대며 앞으로 한 발자국 내디뎠다.

"위험합니다. 불도 있고, 저 안에 무슨 폭발장치가 더 있을지 모릅니다. 은을 조심하셔야 합니다, 마스터! 더 나아가시면 안 됩니다!"

부하가 그녀를 황급히 뜯어말렸고, 그녀도 더 나아가지는 않았다.

"얼마나 당했어?"

"……파악 중입니다. 아니, 이제 파악을 해야 합니다."

멀리 갈 것도 없이 근처에 널브러진 익숙한 얼굴들이 둘이나 보였다. 어디선가 비명소리가 들린다. 분명히 어린놈들이 부상자들을 죽이려 나섰을 거다. 트레나도 안다. 그녀라도 분명히 그랬을 테니까.

너무 서둘렀을까. 실책이었다. 명백한 자신의 실책 앞에서 트레나는 눈을 한 번 질끈 감았다가 떴다.

이젠 어쩔 수 없이 마지막 방법을 써야 했다. 일이 터지면 상부에 보고하는 게 당연한 순서다.

"가야겠군."

그녀의 언니 트리샤는 태조께서 어디에 계신지 말해주지 않으려고 의뭉스럽게 굴었지만, 트레나도 마음만 먹으면 언니를 거치지 않고 태조께 갈 수 있었다.

좀 방법이 귀찮고 번거로울 뿐이지만, 어쩌겠는가. 프린태니어 시에 있던 최정예 뱀파이어 절반 이상이 부상당했다. 개중에는 분명히 사망자도 있을 거다.

트레나는 당장 피를 줄줄 흘리고 살이 화끈대며 녹아내린 이 몰골 그대로 태조께 가기로 결정했다.

"추가 습격은 없는 모양이지?"

"예. 조심하는 것 같습니다."

"그래? 어린놈들이라 기대했는데 패기가 여기까진가."

그녀였다면 거하게 터트렸으니 살아남은 잔당들을 싹 쓸어버렸을 거다

멀리 하늘에 소방차 전조등이 번쩍거리는 게 보였다. 엉덩이 무겁기로 유명한 프린태니어 시 소방관들이 드디어 움직이나 보다. 어린놈들이 부른 거겠지. 어쩌면 그 어린 것들은 일반인들의 시선도 신경 쓰나 보다.

트레나는 거기까지만 생각하고 현장을 빠르게 떠났다. 시간이 없었다.

☾

건물이 갑자기 폭발한 건 노후한 시설에 가스가 누출되어 우연히 그렇게 된 거라고 매듭지어질 예정이었다. 나머지 수상한 마늘이나 은바늘 같은 건 현장을 정리하러 간 소년들이 대충 해결하고 올 거다.

그렇게까지 모든 준비를 완벽하게 마친 엔지는 뿌듯한 얼굴로 기지개를 켰다.

뱀파이어들과의 싸움에서 언제나 숫자로 열세였던 늑대인간들은 그들과 정면으로 붙는 방법 말고도 다른 여러 가지 묘수를 가지고 있었다.

엔지는 지금 막 현장에서 나온 소년들을 향해 손을 흔들었다. 밤하늘에 소방차 사이렌이 밝게 빛나고 있었다.

"왔어? 수고했어."

"마스터라는 인물이나 그 뱀파이어 여자는 못 잡았어."

매캐한 마늘 연기 냄새를 몰고 온 칸이 고개를 흔들었다.

"안타깝지만 어쩔 수 없지. 뱀파이어들은 얼마나 죽었어?"

자카는 냉정하게 머릿수부터 헤아렸다. 저쪽 전력이 얼마나 깎여나갔는지가 가장 중요했다. 이쪽은 지금 막 회복 중인 부상자 셋에 아직 전투가 서툰 수하까지 있어서 여러모로 불리하다는 걸 언제나 염두에 두고 싸워야 했다.

"최소 반 이상이야. 대충 눈으로 헤아리고 왔지만 분명해."

칸의 대답에 엔지와 자카의 표정이 동시에 환해졌다. 목표했던 대로 됐다! 그나마 다행이었다.

"좋아. 잘됐네."

이안은 뚝뚝 소리를 내며 목을 이리저리 꺾었다. 그의 곁에는 부상에서 슬슬 회복한 마한이 손목을 돌려보고 있었다.

가장 민첩하고 빠른 소년들과 힘이 대단한 소년늘로 소수만 뽑아 구성된 습격대가 오늘의 마무리를 할 것이다. 기껏 어마어마하게 폭발도 일으켰고, 타격까지 주고 왔는데 그냥 지나가는 건 몹시 섭섭한 일이 아닌가.

"다 몰살하는 게 목표가 아니야. 생포만 하면 좋겠지만, 일단 전력만 가늠해보자."

많은 건 바라지도 않는다며 엔지가 마한의 어깨를 툭툭 두드렸다. 마한은 대답 대신 씩 웃으며 고개를 끄덕였다.

"부상 입은 놈들은 다 죽여."

지금 죽이지 않으면 언젠가 다시 그들의 목을 물어뜯을 뱀파이어들이다. 처리할 수 있을 때 빨리 처리해야 했다.

앳된 얼굴로 삶과 죽음을 논하는 엔지는 우리가 언제 여기까지 왔냐며 한숨을 쉬는 단계도 이미 지나버렸다. 이건 현실이고, 그들은 살아남아야만 했다.

"가자."

칸은 뒤에서 수하를 데리고 나오는 헬리를 보며 고개를 까딱였다.

폭발 후 한 시간도 지나지 않았다. 자카와 엔지는 폭발이 있기 직전까지 그 근처로 모여드는 뱀파이어들을 지켜보았고, 또 정리하러 나온 형제들의 손을 빠져나간 잔당들이 폭발 후에 어느 방향으로 사라졌는지도 추적했다. 그걸 바탕으로 곧장 느긋한 밤 산책이 시작되었다.

"레일건 마스터는 나와 헬리가 상대할 테니까, 마주치면 곧장 뒤로 빠져."

그건 수하도 포함된 당부이자 경고였다. 객기를 부려선 안 될 일이라고 다시 한번 말한 칸이 가장 먼저 밤하늘을 휙 날았다.

탄탄하고 날렵한 체구를 가진 소년들이 소리 없이 어둠 속에서 빠르게 질주하기 시작했다. 그들은 호흡 한 번 흐트러지지 않고 어마어마한 속도로 이동한 뒤, 마스터의 명령을 받고 되돌아가던 뱀파이어들의 꼬리를 밟았다.

뚜둑!

물론 꼬리를 밟았다는 걸 아직까지는 들켜선 안 된다. 이안은 조용히 부상당했던 뱀파이어의 목을 꺾고, 근처 쓰레기통 안에 시신을 휙 넣어버렸다.

헬리. 이놈들, 아까부터 느낀 건데 확실히 드리프터들과는 달라.

어떤 점에서?

부상을 입었어도 뼈가 튼튼해. 꺾는 맛이 달라. 붙어보면 힘도 다르겠는데?

물어본 내가 잘못이다.

지극히 이안다운 표현으로 대답이 돌아오자 헬리는 고개를 절레절레 흔들었다. 물론 그도 지금 막 뱀파이어 하나의 목을 꺾은 후였지만 말이다.

사실 이안이 '뼈가 튼튼하다'고 말한 뱀파이어들은 드리프터들과 비교한다면 무척 불쾌해할 정도로 훨씬 뛰어난 이들이었다

드리프터보다는 레일건 마스터 트레나에게 가까운 존재들이었고, 그래서 트레나의 수하로 오랫동안 활약했지만 그게 무슨 소용인가. 그들은 지금 지독한 폭탄에 부상을 당해, 현장에서 빠르게 빠져나갔지만 안타깝게도 길 위에서 걸려 소리도 없이 죽어가고 있었다.

레일건으로 향하는 뒷골목의 커다란 쓰레기통에 던져 넣어진 뱀파이어들의 시체에 불을 놓은 지노는 시체가 타는 모양을 물끄러미 바라보았다.

'확실히 드리프터들을 태울 때보다 시간이 더 걸려.'

웬만하면 흔적을 남기지 않는다는 주의인 그에겐 상당히 거슬리는 일이었다. 물론 완전히 연소될 때까지 절대로 꺼지지 않는 불을 놓은 거지만, 시간은 언제나 생명이다.

지노는 가만히 보다가 화력을 조금 더 높였다. 시체를 날름대며 핥는 불의 색이 휙 바뀌기 시작했다.

'아, 너무 높였네!'

지노는 아차 싶어 다시 화력을 낮췄다. 그럼 또 원래 익숙하

던 드리프터들을 태우는 온도다.

그는 한숨을 푹 쉬었다. 온도조절을 하는 폭이 좀 더 넓어진 건 좋지만, 조절은 아직 미숙하다. 도대체 어쩌다가 능력치의 폭이 넓어진 건지 알 수가 없단 말이야.

지노는 고개를 갸우뚱거리며 한 번 더 시도해보기로 했다.

"뭐 하냐?"

뒤에서 들리는 마한의 목소리에 지노는 뒤도 돌아보지 않고 대답했다.

"보면 모르냐, 시체 태우는 중이잖아. 대충 두고 가."

"잘 타?"

"전혀. 드리프터들과는 달라."

마한은 어깨에 걸치고 왔던 죽은 뱀파이어의 시체를 휙 던져 넣었다.

"그럼 더 센 뱀파이어네."

드리프터들이 대다수였던 상황과 지금의 상황은 점점 달라지고 있었다.

"쫄았냐?"

지노가 툭 물었다.

"좋다는 거지. 쫄긴 뭘 쫄아. 아, 저 짜증 나는 뱀파이어, 너

네는 왜 맨날 시비냐?"

"내가 시비 안 걸었으면 네가 걸었을 거 아냐."

"아."

정확한 지적에 마한은 우뚝 멈춰 섰다.

"그건 그래."

"거봐."

여기 자카가 있었다면 둘 다 무슨 시답잖은 소리만 하는 거냐고 당장 인상을 썼을 거다.

하지만 시체를 태우는 동안 달리 할 게 뭐가 있을까. 더구나 나이트볼 경기장에서만 마주하던 얼굴이라, 이렇게 따로 마주해서 말하는 건 영 어색했다.

"다친 데는 좀 괜찮냐? 다닐 만해?"

"다쳐도 뱀파이어 때려잡는 데는 문제 없어."

마한은 어깨를 으쓱거리며 일렁이는 불꽃의 색을 보다가 돌아섰다. 마침 헬리의 목소리가 들렸기 때문이다.

레일건 진입 직전이야.

"오."

지노도 고개를 들었다. 그 재미있는 일에 빠질 수야 없지.

순식간에 쓰레기통이 심하게 녹아내리기 시작했다. 저 불이 얼마나 뜨겁길래 커다란 철제 쓰레기통까지 녹기 시작하는지 전혀 알고 싶지 않았던 마한은 얼른 그 자리를 떠나 레일건으로 향했다.

생각보다 빠른데. 함정 아니야?

지노는 고개를 갸우뚱거리며 헬리에게 물었다.

부상자가 많았던 건 사실이야. 이안이 확인한 바로는 폭발 현장에 시체가 꽤 많대.

그렇다면야 엔지가 일을 제대로 한 거다.

문제는, 레일건인데.

헬리가 숨을 가볍게 내쉬며 눈앞에 있는 술집 레일건을 바라보는 게 다른 소년들에게도 전달되었다. 이제 어떻게 할까?

어떻게들 생각해?

쾅!

요란한 소리와 함께 레일건의 반질반질하고 손때 묻은 등받이 없는 의자가 날아갔다.

어떻게 하긴. 일단 쳐들어가야지.

뱀파이어 소굴 한복판에서도 당당한 칸은 의자에 맞아 쓰러진 뱀파이어가 완전히 머리를 바닥에 떨어트리기도 전에 두 놈을 더 처리했다.

그 여자는?

헬리의 물음에 안 그래도 주변을 계속 둘러보고 있던 칸은 바로 대답했다.

안 보이는데. 헬리, 너는?

이쪽에서도 안 보여.

그렇다면 물어봐야지. 칸은 새로 붙잡은 뱀파이어에게 상당히 정중하게 물었다.

"마스터는 어디 있냐?"

"크윽!"

하지만 뱀파이어는 그의 손목을 붙잡고 오히려 복부를 걷어차려 했다.

나름 정중하게 물은 건데 싫다면야 어쩔 수 없지. 칸은 공격을 막아냈다. 콰당탕, 술집 안의 집기가 죄다 부서졌다. 술집 주인이 봤다면 진심으로 슬퍼할 만큼 허공에는 나무 조각이며 깨신 유리 파편이 마구 튀어 올랐다.

레일건 마스터가 바텐딩을 하던 곳은 상황이 더 심각했다. 진열해뒀던 술병이 깨져 술이 바닥에 줄줄 흘러내리고, 유리 조각이 깨져 발 디딜 틈이 없었다.

"물어봤는데 얘네 왜 대답을 안 하나?"

칸은 주먹을 날리며 알 수 없다는 듯 중얼거렸다.

"모르나 보지."

뒤에 있던 마한이 심드렁하게 대답하며 천장을 쳐다보았다.

"위층으로 올라가 보는 건 어때?"

그때 그의 말에 대답하듯 쨍그랑, 하고 위층 창문이 부서지는 소리가 들렸다.

"음. 올라갔네."

마한은 고개를 끄덕였다.

제 44 화

프린태니어
part 11

위층에는 수하라고 했던가. 그, 뱀파이어도 아니면서 뱀파이어들과 겁도 없이 몰려다니는 여자애가 있었다. 뭐, 확실한 실력이 있으니 뱀파이어들이 함께 다니는 거겠지.

에스티발 시 물류창고에서의 기억은 부상을 입었던 마한에겐 희미하기만 해서, 그는 수하의 정확한 기량을 그저 짐작만 할 뿐이었다.

"우리도 올라가자."

칸이 짧게 말하며 계단을 찾았다. 위층에 레일건 마스터가 있을 가능성이 높으니 어서 도우러 가야 했다.

'감히' 늑대인간들이 이곳에 오지 못할 거라고 오래도록 생각하고, 또 그만큼 실제로 그래왔던 레일건에는 향초라곤 전혀 보이지 않았다. 수하의 말대로였다.

덕분에 1층에서 실컷 몸을 푼 늑대인간 소년들은 가뿐하게 2층에 올라섰다.

"없어."

갑자기 불쑥 등장한 자카는 딱 그 한 마디만 하고 또 사라졌다.

눈을 부릅뜨고 있던 칸은 뒤늦게 숨을 내쉬었다. 쟤는 왜 기척도 없이 쑥 나왔다가 쑥 사라져서 사람을 놀라게 하냐고 따지기엔 따질 대상이 없었다.

"……뭐가 없다는 거야?"

칸의 뒤에 있던 마한 역시 한발 늦게 반응했다. 그때 다시 자카가 또 불쑥 나타났다.

"레일건 마스터."

"너 제발 기척 좀 내고 다녀."

"아. 미안."

사과한 자카는 휙 사라졌다. 고개를 흔든 칸은 걸음을 옮겼다. 2층은 이미 다 정리가 되어 있었다. 저쪽 어두운 복도에서 이안이 뱀파이어의 멱살을 놓고 있었다.

'어쩐지 더 빨라진 것 같은데.'

칸은 뱀파이어 소년들을 보며 눈을 가느스름하게 떴다.

리버필드 시에 드리프터들이 습격했을 때 합을 맞춰본 이후로, 어쩌다 보니 목적이 같아 뱀파이어 소년들과 함께한 지 그리 많은 시간이 지나지는 않았다.

하지만 칸이 보기에 소년들의 기량은 조금씩 늘어나고 있었다. 자카가 쌩쌩하게 바람을 가르고 돌아다니고, 이안도 그리 힘을 들여 뱀파이어를 처리한 기색이 아닌지 멀쩡하다.

'이유가 뭐지?'

따로 특별한 약을 먹는다거나 신체단련을 더 중점적으로 한 게 아닌데도 뱀파이어 소년들은 더 날카로운 감각을 유지하고 있다. 함께 싸우는 건 그만큼 수월해졌지만, 칸은 이유를 알 수 없어서 더 이상하다고 생각했다.

그때 활짝 열린 문 안에 헬리가 서 있는 게 보였다.

"어, 왔어? 1층은?"

그리고 헬리의 뒤에서 고개를 쏙 내밀며 아는 척을 하는 건 수하다.

"정리 중이야. 거의 끝났어. 생각보다 한산한데."

"폭발 때문에 전부 다 여기로 복귀한 건 아닌가 보더라고."

발치에 쓰러진 뱀파이어를 둔 헬리가 대답했다.

여기가 바로 레일건 마스터의 방인가 보다. 칸은 알록달록한

색유리로 된 드림캐처와 장신구가 주렁주렁 달려 있고, 그러면서도 약 백여 년 전에나 볼 법한 가구로 뒤덮인 묘한 방을 둘러보았다.

묵직한 책상에는 아마 비밀 서랍 따위가 존재할 거고, 책장 두 개에는 오래된 양장본 몇 권과 술병, 그리고 박제된 늑대인간들의 신체가 전시되어 있었다.

"그리 미적 감각이 탁월한 사람은 아니네."

마한은 차가운 눈으로 박제를 바라보며 중얼거렸다.

이건 레일건 마스터의 전시품이다. 늑대인간들을 죽이고, 그들의 피를 빼낸 기념으로 보란 듯이 놓아둔 거다.

때때로 바라보며 일방적인 학살이었을 승리를 자축하고 추억했겠지. 구역질 났다.

"탁월하지 않은 수준이 아니라 끔찍하지."

이안이 손을 털고 들어오며 대꾸했다. 그는 오만상을 찌푸리며 역겹다는 걸 온몸으로 표현하고 있었다.

헬리는 아직까지도 꿈틀거리는 뱀파이어의 생각을 계속해서 읽어내는 중이었다.

"레일건 마스터는 그 여자가 맞아."

헬리가 한참 뱀파이어를 들여다보다 한 말에 모두가 역시나

하고 고개를 끄덕였다. 그렇게 강한데 마스터가 아니라면, 솔직히 좀 걱정할 뻔했다.

이안은 책장을 뒤지고, 칸은 서랍을 뒤졌다. 바깥에 나가서 1층 상황을 둘러보고 온 자카는 전자기기를 전부 모아 훑어본 뒤 심드렁한 표정으로 고개를 들었다.

"······뱀파이어들은 전자기기를 참 싫어해."

"너희는 안 그래?"

마한의 질문에 자카는 정색했다.

"우린 무지 좋아해."

"이쪽은 오래 살아서 그런 거지. 여긴 뭐가 제법 많네."

칸이 서랍에서 꺼낸 서류나 누렇게 바랜 편지들을 들어 올려 보였다.

나이가 들수록 익숙한 매체를 찾는 법이라더니, 레일건 마스터는 철저하게 아날로그 지향주의자인가 보다. 몇 번 박살 나서 새로 바꿔놓은 빈티지 전화기만 봐도 그러했다.

책장을 둘러보던 마한이 입을 열었다.

"이게 뭐야?"

먼지가 쌓인 책들 사이, 먼지가 없는 책 몇 권이 보였다. 그걸 함께 보고 있던 이안이 툭툭 건드리자 갑자기 드르륵 하고 책장 한 칸이 움직였다.

책 뒤편, 막고 있던 책장 한 칸의 벽이 옆으로 스르륵 빠지더니 드러난 건 뜻밖에도 벽 안에 박힌 소형 금고문이다. 소년들의 시선이 마주쳤다.

"금고네. 딱 봐도 중요한 게 들어 있을 거 같지 않아?"

헬리도, 책상 위에 놓인 옛날 흑백사진들을 보던 칸도 마한의 말에 이쪽으로 곧장 걸어왔다.

"이거, 청진기 같은 거 대고 숫자 맞추는 그런 식인데? 야, 자카야, 너 이거 열 줄 아냐?"

이안이 자카를 불렀다. 검게 어둠이 내린 창밖에서 지노가 만든 불덩어리가 여기저기 오고 가는 모습을 힐끗 보고 있던 자카가 고개를 들었다.

형들이 슬쩍 몸을 피해 보여준 금고를 보자마자 그는 희한하다는 표정을 지었다.

"요즘 누가 그런 걸 써?"

"아까 내가 그랬잖아. 오래 살아서 쓴다니까."

칸이 어깨를 으쓱거렸고, 헬리가 손을 뻗어 금고문을 만져보았다. 정말 오래됐다.

"오래 산 것도 그렇지만, 누가 여길 털 생각을 하겠어? 그냥 장식에 가까운 거지."

하긴 헬리의 말도 맞았다. 그렇게 강한 뱀파이어의 방에 누가 감히 함부로 들어와서 뒤집어엎을 생각을 할까?

"하긴 그런 사람들이 의외로 경계심이 약하더라."

이안은 그렇게 말하며 금고문 손잡이를 턱 잡았다. 순식간에 눈이 커진 마한이 그를 바라보았다.

"뭐 하려고?"

"뭐 하긴."

우득. 철제로 된 금고문이 손잡이를 중심으로 우그러들기 시작했다.

"열어야지."

"야, 거기 무슨 장치가 되어 있는지 어떻게 알고 함부로 열……!"

말이 끝나기도 전에 우드드득 하고 요란한 소리가 나더니 결국 뚝 하고 금고문이 부러져나갔다. 늑대인간 소년들은 할 말을 잃었고, 이안과 같은 생각이었던 수하만이 손뼉을 쳤다.

"잘했어."

냉큼 수하가 손을 뻗어 안에 있던 내용물을 다 쓸어냈다.

"뭐야, 죄다 서류밖에 없……. 아니, 이거 너무 중요한 서류인데?”

수하는 눈을 크게 뜨고 서류에 코를 박다시피 했다.

“늑대인간 납치 조직……, 여기 지도에 점조직이 다 나와 있어. 에스티발 시 물류창고, 여기가 꽤 큰 조직이었네.”

드리프터들이 늑대인간을 납치해 오고, 어떤 식으로 ‘포장’해 어디로 보내는지가 다 나와 있었다.

“이 근처 다섯 개 나라 드리프터들을 다 총괄한다더니, 예상했지만 결국 이런 뜻이었군.”

칸은 수하가 내미는 지도를 보며 이를 갈았다. 그의 눈에 내내 이글대고 있던 분노가 순식간에 커져 마치 불이 쏟아지는 것 같았다. 그는 고개를 휙 돌려 헬리를 바라보았다.

“마스터만 잡으면 일단 이 근방 다섯 개 나라에 있는 늑대인간들은 어느 정도 안전할 수 있다는 얘기겠지. 그래서 지금 마스터는 어디에 있다고?”

당장 이 씹어 먹어도 시원찮을 존재를 잡아다 확실하게 숨통을 끊어놓을 테다. 칸의 활활 타오르는 분노 앞에서 헬리는 냉정하게 고개를 저었다.

“떠났어.”

“어디로?”

"더 높은 곳으로."

마스터는 아주 기쁘게 떠났다. 폭발의 여파로 벌어진 상처를 아주 보란 듯이 내보이려고 치료도 하지 않은 채 귀한 분을 만나러 기쁘게 떠났다고 한다. 그게 헬리가 잔당에게서 읽어낸 마지막 기억이었다.

"이거 뭐 애들 장난하는 것도 아니고. 끝이 없어."

아, 짜증 난다. 이안은 머리카락을 헤집으며, 헬리가 미련 없이 마지막으로 레일건에 남았던 뱀파이어의 숨통을 끊는 것을 바라보았다.

뿔뿔이 흩어졌던 뱀파이어들이 다시 레일건으로 자꾸만 돌아오고 있었다. 그것도 한둘씩 들어오고 있었으니 소년들이 오는 대로 처리하면 그만이었지만, 떼로 몰려든다면 그건 좀 곤란했다.

"끝이 아니란 건 알고 있었잖아."

이 근처 다섯 개구 드리프터들을 총괄하는 게 레일건 마스터라는 말을 듣는다면, 뱀파이어들의 조직이 얼마나 거대한지에 대해 그저 기가 막힐 뿐이지 마스터만 잡으면 된다는 생각은 안 할 거다. 칸은 그 점을 지적했다.

"알지."

알고 있었지. 이안은 팔짱을 끼며 몸을 뒤로 젖혀 벽에 기댔다.

"그냥 집으로 돌아가고 싶을 뿐이었어."

레일건 마스터의 방에 있는 이들은 많았지만, 그중 누구도 말을 꺼내지 않았다. 바스락거리는 소리를 내며 서류들을 살펴보고, 숨겨진 장치가 더 있는지 벽을 더듬으며, 흑백사진에 있는 사람들을 유심히 살필 뿐이다.

"이런 식으로 숨 가쁘게 어디론가 떠밀리듯이 가는 건 하도 겪어서 지겨워."

도망치고, 안식처를 간절하게 원하고, 겨우 찾아낸 안식처에서 조금 적응하나 싶었는데 그들은 또다시 안식처를 떠나 낯선 곳에 있다.

소년들의 종착지는 도대체 어디인가. 어디로 흘러가는 걸까. 답을 알지도 못한 채 계속되는 전투는 정신적인 피로만 쌓이게 했다.

"이제 조금 보이나 싶으면 또 새로운 게 나타나네."

이안은 중얼거리며 헬리에게로 눈을 돌렸다.

"아주 쉬웠다면 오히려 허망하지 않았겠어?"

고작 이런 거 가지고 우리가 보육원에서 내쫓기고, 때때로 마주치는 드리프터들에게 위협받으면서 온 거냐고 허탈해했을 거다. 헬리의 물음에 이안은 순순히 고개를 끄덕였다.

"그건 그래. 어려우면 어려울수록 더⋯⋯."

은빛으로 빛나는 머리카락 아래 호박색 눈이 웃었다. 마한은 그 눈빛을 알았다. 아무리 때려도 지지 않고 일어난 악착같은 의지가 불타는 눈빛이다. 늑대인간 형제들에게서도, 거울을 볼 때도 마주하는 눈빛이었다.

"기대가 돼. 도대체 얼마나 대단한 게 기다리고 있을까?"

그래. 레일건 마스터 정도로야 부족했다.

"얼마나 대단한 놈이길래 '더 높은 곳'이라는 거야?"

이안의 물음에 흑백사진을 물끄러미 보고 있던 헬리가 대답했다.

"마스터의 상관. 가장 귀하신 분. 너무 존귀해서 감히 하잘것없는, 소위 '아랫세대 뱀파이어'들이 감히 입에도 담을 수 없는 분."

헬리가 읽어낸 죽은 뱀파이어의 머릿속 생각을 듣던 자카가 고개를 들어 의문을 표했다.

"아랫세대는 또 뭐야? 윗세대, 아랫세대, 뭐 이런 게 갈린다는 거야?"

"그런가 봐. 우리가 아는 게 너무 없어."

헬리의 말에 칸도 고개를 끄덕였다.

"그래. 우리가 결정적으로 너희를 의심하지 않은 게 바로 그 지점이야."

"뭐?"

"너넨 너희도 뱀파이어면서 뱀파이어에 대해 아는 게 아무것도 없어. 그러니까 의심을 못 하겠더라고."

아하하하, 칸의 뒤에서 마한이 배를 잡고 웃기 시작했다. 수하는 이걸 웃어야 하나, 말아야 하나 고민하는 표정이었다.

"뱀파이어들 사이에 서열이 존재한다는 것도 제대로 모르고, 늑대인간들이 뱀파이어들에게 납치당하고 피를 빼앗긴다는 것도 모르고, 나는 너희가 우리 뒤통수를 치러 위장 입학까지 한 놈들인지 가끔 고민도 했었는데……."

칸은 자신을 멍하니 쳐다보는 헬리와 자카, 이안을 보다가 에휴, 하고 한숨을 노골적으로 쉬었다. 마한의 웃음소리가 조금 더 커졌다.

"고민을 할 필요도 없었네."

"위장 입학……."

한 번 중얼거려 본 수하는 풉, 하고 괴상한 소리를 내며 고개를 돌렸다.

위장 입학이라니. 늑대인간 소년들이 이해가 가지 않는 건 아니었지만, 지금 이안과 헬리의 어처구니없다는 표정과 위장 입학이라는 단어는 백만 광년쯤 거리가 있어 보였다.

"아, 그렇게 생각하던 거였냐? 그래서 처음부터 우리 보고 죽이네 살리네 했던 거였구나. 우린 저놈들이 왜 저러나 했지."

처음 나이트볼 리그에서 마주쳤을 때를 떠올린 자카는 하, 하고 기가 막히다는 듯 웃었다. 그저 아득바득 평범한 고등학교 생활을 해보겠다고 리버필드 시에 간신히 정착했던 뱀파이어 소년들은 늑대인간 소년들이 그저 귀찮기만 할 뿐이었다.

"어쩌다 너희랑 같이 가게 되었는지는 모르지만, 여태까지는 그리 나쁘지 않았어."

곧 죽어도 좋았다는 소리는 안 나올 테니 저게 칸이 하는 최상의 칭찬이었다. 솔직히 마한도 칸이 저런 말을 스스럼없이 했다는 것에 내심 놀라고 있을 정도였다.

헬리도 칸이 하는 말의 의미를 알았기에 빙긋 웃었다.

"나도. 그리 나쁘지 않았어. 그래서 말인데."

책상 위에 뒀던 여러 흑백사진 액자 중 눈에 띄는 하나를 고른 헬리가 그것을 소년들과 수하에게 보여주었다.

"아무래도 이놈을 잡아야 끝날 것 같은데, 같이 갈래?"

어? 수하는 잠시 굳어서 그 액자 속의 인물을 바라볼 수밖에 없었다. 칸이 씩 웃으며 고개를 끄덕이는 것도, 헬리가 그녀를 유심히 살피는 것도 모른 채 마냥 보기만 했다.

아는 얼굴이었다. 백 년은 된 것 같은 빛바랜 사진 속, 엄숙하고 딱딱한 표정으로 카메라를 보고 있는 젊은 미남은 아는 얼굴이었다.

'재상이잖아!'

꿈에서 봤던 그 위험한 남자였다.

→ 제 45 화 ←

꿈
part 1

트레나는 딱딱한 돌계단을 서둘러 올라갔다.

혹시 '태조께서 쌍둥이 언니 트리샤와 함께 있을 수도 있다' 는 생각은 했지만, 그래도 본디 태조가 자주 머무르는 곳까지 더 멀리 오길 잘했다.

쉬지 않고 오긴 했지만 이곳은 프린태니어 시에서 너무나 멀 리 떨어져 있는 곳이라 오는 데 시간이 많이 걸렸다.

"트레나 님."

짙게 깔린 어둠 사이, 길목마다 뱀파이어들이 삼엄하게 지 키고 있었다.

그들이 목례를 하며 인사하는 걸 대충 받아준 그녀의 걸음 이 경쾌했다. 아무리 봐도 태조가 이곳에 있는 게 분명해서 트 레나의 마음에는 기쁨이 가득했다.

비록 처참한 소식을 들고 가는 중이지만 트레나는 태조를, 최초의 뱀파이어를 만나는 것만으로도 설레고 행복했다. 아무리 오랜 시간이 지났어도 이 마음은 전혀 변하지 않았다.

"태조님을 뵈러 왔는데."

천장이 아주 높고 거대한 복도들을 지나 트레나는 까마득하게 치솟은 검은 문 앞에서 문지기에게 말했다.

"트레나 님이시군요. 잠시만 기다려주시지요."

"급한 일이다."

"예. 그런 것 같군요. 서두르겠습니다."

문지기는 트레나의 상처와 찢어지고 탄 옷 끝자락을 보며 고개를 끄덕인 뒤 문 안으로 사라졌다.

가장 귀한 분을 만나기엔 옷차림이 영 불량했지만, 오늘은 어쩔 수 없었다. 트레나는 초조한 마음으로 기다렸다.

태조는 언제나 피를 다루는 중요한 일을 하고 있어서 시간을 내어주는 것도 어려운 존재였다. 정말 급한 일이고 그의 도움이 꼭 필요한 트레나는 그저 기다리는 수밖에 없었다. 다행히 문지기가 생각보다 일찍 나왔다.

"들어가시지요."

레일건 마스터 트레나는 정말 뛸 듯이 기뻐하며 안으로 조심스럽게 들어갔다.

아주 어둑하고 층고가 높으며 차가운 공간은 방이라기보다는 홀에 가까웠다.

그 정도로 광활한 곳에 낮은 조명만 깔렸고, 돌바닥에는 피와 늑대인간의 조각난 신체가 아무렇지도 않게 굴러다녔다. 한참 실험을 하시던 중이었나 보다. 트레나는 일단 사과부터 했다.

"갑자기 찾아와 정말 죄송합니다."

"아니."

얼어붙을 것 같은 목소리는 낮고도 낮았다. 조명이 집중된 곳에 홀로 서 있던 키가 크고 체격이 좋은 남자는 아주 창백했다.

그걸 제외하면 트레나의 레일건 책상 위에 올려둔 흑백사진과 전혀 다른 게 없었다. 여전히 젊었고, 여전히 무섭게 묵직한 눈에 세월과 경험, 그리고 야망과 집착을 가득 담고 있었다.

"급한 일이라면 마땅히 봐야지."

모든 존재를 다스리는 최초의 뱀파이어.

트레나는 언제나 그랬듯 경외심을 담아 무릎부터 꿇었다. 시커멓게 변색될 정도로 흘러내린 피에 바지가 다 젖었지만 그녀는 개의치 않았다.

"다쳤구나. 무슨 일이지?"

묻는 목소리가 다정해서 트레나는 울컥 눈물이 났다. 모든 면에서 냉정하고 잔혹한 그녀가 이토록 감정이 풍부해지는 건 태조 앞밖에 없었다.

"태조님. 내려주신 명령을 이행하던 중, 일이 벌어졌습니다. 제가 면목이 없습니다. 전부 제 잘못입니다."

폭발로 인한 화상과 파편에 스쳐 찢어진 상처를 그대로 드러내며 트레나가 눈물을 뚝뚝 흘렸다.

늑대인간의 피를 들여다보고 있던 최초의 뱀파이어는 그때쯤 그녀에게로 완전히 시선을 돌린 뒤 실험대 뒤를 돌아 나왔다.

그는 굳이 무슨 일이냐고 또 묻지 않았다. 한 번 물은 걸로 족하기 때문이다.

"에스티발 시 물류창고가 불에 탔습니다. 안에 붙잡혀 있던 늑대인간들을 누군가가 빼내었고요."

"간혹 있는 일이지만 에스티발 물류창고 정도의 큰 규모가 당한 건 이번이 처음이군."

"예."

"그런데 그것만 있는 게 아닌 듯한데."

태조의 서늘한 눈이 트레나의 상처를 살폈다.

"너를 이 정도로 다치게 할 존재가 별로 없지 않나."

차가운 손이 그녀의 찢어진 뺨에 닿았다.

트레나는 움찔거리면서도 눈을 감았다. 순수한 공포와 경외심, 그리고 숨길 수 없는 기이한 애정에 덜덜 떨면서도 다가온 손길을 기꺼이 참았다. 저 손은 그녀를 찢을 수도, 또 쓰다듬을 수도 있는 손이란 걸 잘 알고 있었기 때문이다.

"프린태니어도 습격당했습니다."

태조는 말하지 않았다. 대신 눈을 약간 더 크게 뜨며 웃었다.

"재미있는네."

부하가 당했다고 해도 그에겐 그저 모처럼 특이한 일이 일어나 재미있을 뿐인 거다.

최초의 뱀파이어가 그 아랫세대에게 가지는 감정이 ㄱ 정도라는 걸 트레나는 잘 알고 있었다.

그럼에도 불구하고 조금만, 조금만 더, 하고 구걸하게 되는 것도 트레나의 본능이었다. 힘에 대한 집착은 어차피 전부 태조에게서 물려받아 뼛속 깊이 새겨진 것이니 말이다.

"그래서 이렇게 다친 거로군. 네가 습격을 받을 사람이 아닌데 습격을 받았다니, 어떤 늑대인간이지?"

트레나는 태조의 눈을 바라보았다. 그 눈은 새로운 실험체가 나타났다는 기쁨으로 번들대고 있었다.

"늑대인간도 있었습니다만, 그게 전부는 아니었습니다."

태조는 한쪽 눈썹을 치켜 올렸다.

"혹, 아주 오래전에 사라졌던 그 어린 것들을 기억하십니까?"

트레나가 떨리는 목소리로 물었다.

"오래전에 사라진 건 아주 많지. 어린 것들도 많았고."

음울한 목소리가 대답했다.

"정확하게는 분부하셨던 '공주'에게 딸린 어린 것들 말입니다."

순식간에 태조의 눈이 날카롭게 변했다.

그 눈에 담긴 적개심과 집착에 트레나는 숨을 쉴 수조차 없었다. 공포가 그녀의 전신을 내리눌렀지만 어떻게든 혀를 놀려야 여기에서 살아나갈 수 있었다. 말해야 했다.

"그래. 내가 네게 그녀를 찾으라 했지."

'특별한 능력을 가진 여자'로 모호하게 뭉뚱그려 말했지만 그 이상 어떤 특징을 줄 수도 없었다. 어떤 모습일지는 태조도 몰랐기 때문이다.

하지만 어쨌든 찾아야만 했다. 태조는 오래도록 그녀를 찾아왔다.

"하지만 어떤 소득도 못 올렸는데, 지금 그녀에게 딸린 어린 것들을 말하는 거냐?"

트레나는 바닥을 붙잡고 벌벌 떨었다.

"너희가 한참 전에 놓쳤던, 그 어린 것들?"

하하하, 트레나의 어깨 위에 메마른 웃음소리가 떨어졌다.

☾

예상한 일이었지만 트레나는 결국 잡지 못했다.

레일건까지 전부 습격한 뒤 새 숙소로 돌아온 뱀파이어 소년들과 늑대인간 소녀들에게선 매캐한 마늘과 연기 냄새가 났다.

"다친 사람은 없어?"

타헬이 머리카락을 툭툭 쓸어 재를 털어내는 칸을 바라보며 물었다.

"없어."

칸은 막내의 삐죽삐죽 뻗친 머리카락을 툭툭 눌러 쓰다듬어주며 대답했다.

밤은 뱀파이어들의 시간이다. 지난밤에 간신히 다시 하나가 된 소년들은 적들이 결코 이 밤을 넘기지 않을 거란 걸 예상하고 있었다. 이 여정에서 언제나 숙소를 오래 쓰지 못할 거라는 건 뻔한 일이다.

"난 저기 좋았는데."

이안이 쌍안경으로 완전히 무너진 숙소 쪽을 마지막으로 보며 애석하다는 듯 말했다.

"기껏 사놓고 우리 손으로 날리다니."

"뭐, 이런 적이 한두 번이야?"

솔론이 에휴, 하고 한숨을 쉬는 이안에게 대꾸했다.

"마지막으로 저지른 게 하도 오래전이라 새삼스럽게 새롭다고."

리버필드 시에서는 정착이란 걸 제대로 할 줄 알았는데, 어쩌다 프린태니어 시까지 와서 이 고생인지.

하지만 투덜거리는 이안이 사실 저 숙소에서 가장 부지런하게 동선을 예측하고 불이 날아들 것까지 계산했다는 걸 모두가 다 알았다.

"일단은 하루 번 셈이지. 레일건 마스터는 잡지 못했지만."

칸과 마찬가지로 재를 툭툭 털어낸 헬리는 여전히 부상에서 회복 중인 루슬란과 카밀, 그리고 마한을 눈으로 살피며 말했다.

성미 같아선 당장 붙는 게 좋겠지만 상대방의 전력을 정확하게 알지 못한 채 섣불리 붙을 수 없다. 게다가 부상자도 있으니 최대한 힘을 아끼면서 신중하게 탐색해야 했다.

칸과 헬리는 일행 중 그 누구도 잃어선 안 된다는 가장 중요한 목표를 함께 세웠다.

"일단 쉬면서 고민해볼까."

헬리는 자리에 앉으며 입을 열었다. 레일건을 다녀오니 새롭게 얻은 단서들이 꽤 있었다.

"레일건 마스터로 추정되는 뱀파이어가 안개가 되었을 때 어떻게 잡을지도 고민해야 할 거 같은데."

헬리의 말대로 그게 제일 문제였다. 손에 잡히지 않는 이를 찾아내는 것도 힘든데, 잡는 건 더 힘들다.

"여태까지 잡은 사람이 딱 둘이잖아."

솔론이 그 말을 한 헬리와, 가만히 타헬의 머리를 정리해주고 있던 칸을 가리켰다. 두 사람은 안개가 되었던 수하를 손을 뻗어 잡았던 경험이 있다.

"둘이서 잡아야지 뭐 어떡해."

결국 리더들이 나서야 하는 건가.

고개를 갸우뚱거리며 헬리와 칸을 번갈아 가며 보던 수하의 시선에 헬리가 결국 그녀를 바라보았다.

"설마, 아니지?"

"내가 잡을 수도 있지 않을까?"

"맞구나."

"아니면 다들 날 잡는 시도를 해보는 건 어때?"

오. 헬리를 제외한 소년들의 눈이 소리 없이 번쩍거렸다. 칸과 헬리만 성공한 영역에 꼭 도전해보고 싶은 건 누구나 마찬가지였기 때문이다. 나이트볼 주전인 소년들은 모두 승부욕이 아주 강했다.

"그건 한번 해보자."

이안이 당장 벌떡 일어났다. 그리고 헬리가 뭐라 하기도 전에 순식간에 안개로 변한 수하가 이안 앞에서 얼쩡거렸다.

"어때, 어때?"

"으악, 너 안개가 되어서도 말할 수 있냐?"

이안은 자세히 집중하지 않으면 잘 보이지 않는 안개를 보며 기겁했다.

"어! 유령 흉내도 낼 수 있어!"

수하의 목소리는 잔뜩 신이 났다. 그걸 들은 헬리는 한숨을 쉬며 손을 올려 얼굴을 문질렀다. 칸은 그런 헬리를 힐끗 보았다.

너도 참 고생이다.

칸이 심심한 위로를 건네자, 헬리는 섬세하면서도 마디가 굵은 손가락을 벌리고는 그 사이로 노려봤다.

칸은 그러거나 말거나 아주 즐거운 표정으로 안개가 이안의 손을 휙휙 스쳐 지나가는 걸 바라보았다.

"전혀 감이 안 오는데?"

"비켜봐, 나도 해볼래."

이걸 어떻게 잡는다는 거야? 이안이 허공에 헛손질을 몇 번 하는 사이, 나자크가 나섰다.

수하가 쪼르르 가서 나자크의 앞에 서자 헬리의 입술이 말렸다. 그는 여전히 얼굴 위에 손을 얹은 채로 그녀를 주시하고 있었다.

"자."

"뭘 한 거야?"

나자크는 고개를 갸우뚱거렸다.

"네 손 위에 내 손을 흔들고 있어."

"어어? 전혀 아닌 거 같은데? 어?"

"어, 그냥 통과했다."

"자, 나자크 형도 아니고, 다음은 나!"

타헬이 바로 튀어나왔다. 어쩌다 보니 그 뒤로 다른 소년들이 얌전히 줄을 쭉 섰다.

칸은 소리 없이 웃기 시작했고, 헬리는 얼굴에 표정 자체를 띄우지 않았다.

레일건 마스터를 잡기 위해서는 모두가 안개화 능력에 대해 잘 알고 익숙해질 필요가 있었다. 이 중에서 잡을 수 있는 이가 있다면 그 또한 환영할 일이다. 반드시 거쳐야 하는 일이니 그냥 내버려 두기는 하는데 말이다.

내 얼굴 뚫어지겠네. 우와, 무서워.

일부러 헬리에게 능청을 떨며 속으로 말한 지노가 수하에게 하이파이브를 하듯 손을 내밀어 보였다.

"자. 쳐봐."

"쳤어! 쳤는데? 어?"

열심히 지노의 손바닥을 때려봐도 지노는 그녀를 잡지 못했다.

"난 못 잡네."

어깨를 으쓱거린 그는 씩 웃으며 어깨를 으쓱거린 뒤 뒤로 물러났다. 팔락팔락 안개가 부산스럽게 움직이는 게 보였지만 잡는 건 불가능했다.

'대답을 듣는 건 아무래도 한참 걸리겠네.'

헬리는 마음을 잘 갈무리해서 숨기고, 표정을 관리했다.

그가 지금 기분이 어떤지 눈치챈 사람은 거의 없었지만, 그래도 지금 모처럼 신이 난 수하를 불편하게 하고 싶지 않았다.

그는 수하가 마지막 소년과 확인 작업을 끝낼 때까지 자리를 지켰다. 아무도 그녀를 잡을 수 없다는 걸 안 후에는 그나마 눈매가 부드럽게 풀렸다.

제 46 화

꿈
part 2

"에이, 뭐야……."

안개가 된 수하를 잡을 수 있는 소년을 찾는 데 실패했다. 다들 예상했던 대로라며 아무렇지도 않아 했는데, 유일하게 실망한 사람이 바로 수하 본인이었다.

그녀는 여전히 안개가 된 모습으로 바닥에 푹 가라앉아버렸다. 가만히 보고 있던 시온이 어이가 없다는 듯 물었다.

"좋아해야 하는 거 아니야? 아무도 널 못 잡는다니까."

"그게 문제가 아니잖아. 우린 그 무서운 여자 뱀파이어를 잡아야 한다니까. 또 안개가 되어서 도망가면 어떡해?"

그게 너무 걱정이 되고 신경 쓰이는지 가만 생각하던 수하는 이윽고 결론을 내렸다.

"내가 쫓아가야겠다."

"그건 아니지! 쟤가 제정신이 아니네."

시온이 결국 고개를 흔드는 사이, 헬리는 안개를 향해 손을 내밀었다.

"나도 그건 아니라고 생각하는데. 내가 있는데 수하 네가 왜 위험하게 레일건 마스터를 상대해?"

팔짱을 낀 채 그들을 보고 있던 칸도 끼어들었다.

"그래. 나도 있는데."

일부러 칸은 빼고 말하는 헬리의 의도를 잘 알고 있었기에 그는 꾸역꾸역 더 열심히 끼어들었다.

웬만한 일에는 동요하지 않는 헬리가 수하의 일에는 평소와는 달리 예민하게 반응하는 게 꽤나 재미있었다. 혹은, 칸 역시 헬리를 계속 긁어 보고 싶었다. 묘한 일이었다.

지금도 헬리는 칸의 말에는 반응도 보이지 않고서 수하에게 내내 손만 내밀고 있었다. 곧은 눈이 안개가 된 수하의 눈을 뚫어지게 똑바로 쳐다보았다.

'쟤 어떻게 내 눈을 바로 찾는 거지?'

괜히 심장이 덜컥 떨어지는 느낌이라, 수하는 시선을 슬며시 피했다.

하지만 헬리는 기어이 그녀의 시선이 가는 곳으로 따라가며 손을 흔들었다. 어서 잡고 일어나라는 뜻이다. 안개가 된 수하라도 그에겐 똑바로 보이는 게 분명했다.

"너희 둘은 내가 제대로 보여?"

수하는 괜히 말을 돌렸다.

"안개가 아니라 원래 모습으로 보이는 거야?"

헬리는 고개를 흔들었고, 칸이 뒤에서 입을 열며 다가왔다.

"그냥 감만 잡을 뿐이야. 여전히 안개인데."

안개가 된 수하를 잡을 수 없다는 결론을 내린 소년들은 어수선하게 자리를 잡고 저마다 각자 일을 하거나 잡담을 하기 바빴다. 그 잡담이란 것도 결국 앞으로 있을 전투에 대한 논의가 대부분이었다.

칸이 빠져나온 자리에 선 이안과 카닐이 무너진 숙소와 데일건 쪽을 내내 주시하고 있었고, 노아는 그림자를 가지고 놀며 안개가 된 수하를 잡아보려고 열심히 연구 중이었으나 내내 실패했다.

"그럼 내가 어떻게 하고 있는지도 감으로 아는 거야?"

"나는 감이야. 어떻겠다, 하고 예상을 하는 거지. 지금은 쪼그려 앉아 있는 것 같고."

칸은 고개를 끄덕이며 대답했다.

그럼 헬리는? 수하의 눈이 여전히 손을 내밀고 있는 헬리에게로 향했다. 아차. 그녀는 그의 손 위에 뒤늦게 손을 내려놓았다. 당장 헬리는 그 손을 잡고 일으켰다.

"바닥이 차잖아."

"으응."

수하는 그의 손에서 얼른 손을 뺀 뒤에야 다시 본래 모습으로 돌아왔다.

어쩐지 헬리와 눈을 마주치기가 곤란해서 괜히 시선도 피했다. 잠깐 잡았던 손이 화끈거리는 게 불이라도 나는 것 같았다.

"난 대충 보여."

헬리는 뒤늦게 대답했다. 그는 수하가 시선을 피하고 있어도 그녀를 언제나 바르고 곧은 시선으로 바라보았다.

"보여?"

깜짝 놀란 수하가 고개를 홱 들었다.

"보인다고? 내가 안개가 아니라 이런 모습으로 보여?"

"안개인 네 모습이 보이는 거지. 내가 눈썰미가 좋은 편이라."

"그게 시력이 좋다고 해서 되는 건 아닐 텐데."

칸이 픽 웃으며 끼어들었다. 그건 맞는 말이라 수하는 헬리를 이상하다는 듯 눈썹을 모으며 빤히 쳐다보았다.

그 반응이 이해가 되면서도 어처구니없기도 하고 귀엽기까지 해서 헬리가 웃으며 물었다.

"왜, 내가 수상해?"

"아니, 수상한 게 아니라!"

화들짝 놀란 수하가 양손을 내밀어 흔들며 고개를 내저었다.

"충분히 수상한데."

칸은 깐족대는 걸 잊지 않았다.

"그냥 흐릿하게 보여."

안개 사이로 머리카락이 긴 여자의 형체가 흐릿하고 아주 어렴풋이 보였다. 눈을 가늘게 뜨고 집중하지 않으면 금방 놓쳐버릴 것 같아서 오히려 헬리가 조마조마했다.

무엇 때문에 그녀를 알아차릴 수 있는 걸까. 그는 노아도 함께 꾸었던 꿈을 떠올렸다. 아마 그 꿈 때문이겠지. 그저 어렴풋이 짐작할 뿐이다.

'자세한 건 이미 알고 있는 눈치인 사람을 잡아서 물으면 될 일이고.'

그런 점에서 레일건 마스터는 상당히 경솔하다고 볼 수 있었다.

뱀파이어 소년들은 밤필드 보육원 선생님들의 죽음으로 인해 끝내 알지 못한 그들의 과거와 수많은 비밀을 무슨 수를 써서라도 알아내려 했다. 그러니 소년들을 아는 이가 있다면 세상 끝까지 추격해서 심문하고, 머릿속을 읽어내고야 말 것이다.

"그러니까 그 뱀파이어는 걱정하지 마. 나와 칸이 잡으면 되니까."

그거야 다행이긴 한데 수하에게는 또 다른 고민이 있었다. 정확하게는 레일건에 갔다가 생긴 고민이다.

꿈에서 만난 사람이 현실에 존재할 가능성은 의외로 높을 거다.

친구들과 가볍게 웃은 수하는 그렇게 생각하며 어떻게든 레일건에서 얻은 새 고민을 털어내려 애썼다.

보통 유명인이나 연예인이 꿈에 나오는 일이야 평범했다. 생각지도 않은 사람이 나왔다고 오히려 당황하는 일도 있으니 괜찮았다.

하지만 전혀 모르는 사람이 꿈에 등장했는데 사실은 현실에도 있는 사람이라면?

수하는 자신을 내려다보았다.

'……결국 내가 이상한 건가?'

뱀파이어 소년들은 그녀가 특별하다고 말해줬다. 그래서 여태까지 내내 입에 달고 살았던 '이상하다'는 단어는 잠시 잊고 있었다.

하지만 결국 다시 사용하게 됐다. 뱀파이어 소년들이 불을 다루거나 그림자를 다루고, 생각을 읽을 수 있는 건 최소한 그들이 '뱀파이어'라는 조건이라도 있었다.

하지만 수하는? 그녀는 아무리 생각해봐도 그냥 평범한 인간이 맞았다.

평범한 인간이 안개로 변하고, 웬만한 뱀파이어들을 때려눕힐 정도로 강한 이유가 뭘까?

"그럼 레일건 마스터는 어디로 간 걸까?"

소년들이 두런두런 말하는 소리가 들리자 수하는 퍼뜩 정신을 차렸다. 노아는 복잡한 얼굴로 헬리의 말을 듣다 가능성을 말했다.

"혼자 튄 건가?"

"그런 건 아닌 것 같아. 지원을 요청하러 간 것 같고, 그리고……."

헬리는 떠나온 레일건 쪽을 바라보았다. 완전히 뒤집어 엎어 놓고 떠난 레일건에 아직 도착하지 않은 레일건 마스터의 부하들이 많았다. 그들이 레일건에 오면 엉망이 된 술집을 보며 당황하고, 또 분노할 것이다.

"내가 붙잡아서 읽은 놈이 그리 마스터에게 가까운 놈은 아니었어. 간신히 방문 앞만 지킬 정도인 거지, 핵심적인 정보는 어렴풋하게만 알아."

"아니야, 그래도 이렇게 알아낸 게 어디야?"

노아는 고개를 흔들었다.

"솔론이 그랬잖아. 그 여자가 우리를 알고 있는 것 같다고. 그 점에 대해서 더 알아내고 싶었는데, 레일건에 계속 있으면서 나타나는 놈들을 붙잡다가 머릿속을 읽을 수도 없고."

중얼거리던 헬리는 문득 구석에 앉아 있던 수하와 눈이 마주쳤다.

어라. 그녀가 시선을 피했다. 아주 자연스럽게 다른 쪽으로 시선을 옮겼지만 헬리는 그녀가 시선을 분명히 피했다는 걸 알아차렸다.

'무슨 일이지?'

잇따른 전투와 계속되는 긴장 상태가 피곤한가? 그거야 당연한 일일 거다.

아니면 레일건이 불쾌했나? 늑대인간들의 신체를 박제해서 걸어놓은 게 불쾌하긴 어마어마하게 불쾌했다. 덕분에 마한과 칸 등 레일건에 다녀온 늑대인간 소년들의 기분이 상당히 저조했다.

이리저리 머리를 굴려보던 헬리는 결국 뒷마무리는 이안과 자카에게 맡긴 채, 수하에게 성큼성큼 걸어갔다.

움찔 놀란 그녀는 그와 지금 이야기하고 싶지 않은 기분인 게 분명했지만, 헬리는 모르는 척 태연하고 뻔뻔하게 그녀의 옆자리에 털썩 앉았다.

"오늘도 하루가 길었다, 그치?"

"응."

말을 시키니 또 곧잘 고개를 끄덕인다.

"힘들어?"

"내가 한 게 뭐가 있다고 힘들어. 힘든 건 너희지."

수하는 그렇지 않다며 고개를 흔들었다. 새로운 숙소는 더더욱 경비가 삼엄했고, 늑대인간 소년들과 뱀파이어 소년들은 너나 할 거 없이 눈에 불을 켜고 주변을 경계했다.

"수하야."

헬리는 묻고 싶지 않았던 것을 물어야 할 때가 왔다는 걸 직감했다.

그녀의 말간 눈이 그를 겨우 바라보았다.

눈을 피하지 않았으면 좋겠어. 함께 마주 봤으면 좋겠어. 보고 웃어줬으면 좋겠어. 하지만 그건 안 되는 걸까? 말하지 못하는 수많은 바람이 그의 안에서 부서졌다.

어쩌면 수하는 그녀가 바라던 대로 평범하게 살다가, 평범하지만 그녀를 아껴주는 남자와 행복하게 사는 게 최고일지도 모른다. 앞날이 과거만큼이나 불투명한 뱀파이어와는 어울리지 않는지도 모른다.

"여기까지 온 게, 아니, 나와 만난 게⋯⋯."

하지만 이미 그에겐 공주님인데. 오늘 레일건에서 본 재상의 사진으로 다시 한번 더 확실해졌는데, 수하가 싫다면 그는 어떻게 할지 모르겠다.

"야."

"어?"

뜻밖에도 자신을 강하게 부르는 수하의 목소리에 헬리는 도리어 얼빠진 소리를 냈다.

"나 여기 온 거 후회도 안 하고, 딱히 싫다는 생각은 요만큼도 안 했으니까 이상한 거 물어보지 마라."

그는 멍하니 수하를 쳐다보았다.

"……어떻게 알았어?"

"가서 네 표정이 어떤지 거울 봐. 그 표정으로 거기까지 말했으면 뻔하지."

하하. 헬리는 그만 웃어버렸다. 눈이 화사하게 접히자 수하는 얼른 고개를 돌렸다.

쟤는 무슨 얼굴에 자체 조명이라도 달았나, 왜 웃으면 더 반짝반짝거리지? 보는 사람 넋이 나갈 지경이었다.

괜히 고개를 돌렸다가 다시 한번 힐끔거리니, 그는 조금 수줍게 고개를 숙이며 연신 웃기만 했다. 좋은 건가? 좋은 거지?

"왜?"

"네가 날 그 정도로 파악한 줄은 몰랐어. 내가 표정 변화가 별로 없어서 다들 잘 모르거든."

수하는 새삼스럽게 룸메이트 알렉스가 헬리에 대한 소문을 들뜬 목소리로 말해주던 걸 떠올렸다. 어쩐지 그때가 무척 오래된 것처럼 느껴진다.

"응. 너 그래서 왕자님이라며. 절대로 다가갈 수 없는 선을 쫙 그어버리는 왕자님."

"아니, 그런 거 아닌데……. 진짜 아니야."

헬리는 당황한 얼굴로 고개를 열심히 흔들었다. 윤기 도는 검은 머리카락이 함께 찰랑거린다.

"너는 아닌 거 알잖아, 그치?"

얼굴을 가까이 내밀고 그렇게 물어보는 건 치사한 거 아니냐……. 수하는 가까이 다가온 헬리와 눈이 마주치자마자 바로 항복하기로 했다.

"아, 알지."

"그렇지?"

그가 활짝 웃었다.

신기했다. 수하가 대체 뭐라고 저렇게 웃다가, 또 바로 아니라고 고개를 열심히 흔들다가 또 웃을까? 그녀는 정말 아무것도 아닌 사람이고, 헬리는 멀리서 바라봐도 좋을 만큼 환하게 빛나는데.

"네가 우리와 함께 온 걸 후회하는 줄 알고 심장 떨어지는 줄 알았어."

헬리는 한숨을 쉬며 가슴을 쓸어내렸다.

"여기까지 와서 그런 말을 하는 건 너무 치사하고 무책임하잖아."

한번 함께하기로 했으면 끝까지 같이 있어야지. 약속은 지키라고 있는 거고, 의리도 마찬가지라고 생각하던 수하는 잠시 고개를 갸우뚱거렸다.

'그럼 만약에 최악의 상황이면, 다 같이 죽어야 하는 건가?'

아니, 그건 좀 지나치게 극단적이니 생각을 관두자. 죽기도 싫고 어차피 더 생각할 수도 없었다. 옆에서 헬리가 자꾸만 그녀와 눈을 마주치려고 애쓰고 있었기 때문이다.

레일건 마스터의 방에서 뭘 발견했는지 이안과 칸이 이야기를 나누고, 오늘 나서지 않은 소년들이 그 이야기를 조용히 듣고 있는 사이, 구석에 있는 두 사람은 전혀 다른 분위기였다.

"무책임한 것과는 별개로 후회는 할 수도 있잖아."

"그럴 수도 있지만 아직은 아니야."

야무지게 대답하니 헬리는 또 뭐가 그렇게 좋은지 푸스스 웃는다.

정신이 하나두 없는 와중에 헬리가 한결같이 수하를 대하니, 그걸로 그나마 의지가 되었다. 모든 게 바뀌어도 그는 바뀌지 않을 것 같은 기분이 든다.

"그럼, 뭔지 물어봐도 돼?"

"뭘?"

"걱정하고 있는 게 있잖아."

"내가?"

수하가 되묻자 헬리는 눈을 가느스름하게 뜨더니 웃었다.

"억지로라도 들어야겠다는 뜻으로 물어본 건 아니었어."

고민이 없는 척하고 싶다면 그건 그거대로, 수하가 하고 싶은 대로.

"하고 싶은 말이 있나 궁금해서."

안개화 능력으로 소년들을 도울 건 없는지 열심히 고민하고, 그녀를 붙잡을 수 있다면 마스터도 붙잡을 수 있을 거라고 적극적으로 나서던 수하가 왜 의기소침해졌는지 궁금했을 뿐이다. 언제나 신경 쓰고 있기도 했고.

헬리는 머뭇거리는 그녀의 곁에 그냥 앉아만 있었다. 프린태니어 시 어느 건물에나 있는 벽난로의 장작을 살피고, 수하의 무릎에 담요도 덮어주었다.

두 사람 사이에 침묵이 흐르는 사이, 어느덧 소년들이 하는 이야기는 레일건 마스터 방에서 찾은 남자 사진으로 흘러가고 있었다.

"이걸 가져왔어. 아무래도 이놈이 마스터의 윗선인 듯싶어."

흑백사진을 본 노아가 당장 움찔거렸다.

헬리 형, 저거, 저놈 재상 맞지?

헬리는 노아만 눈치챌 수 있을 정도로 미약하게 고개를 끄덕이면서도 다른 형제들의 표정을 살폈다.

제 47 화

꿈
part 3

형제들끼리 꿈 내용을 모두 공유한 건 아니다. 그러니 꿈에
서 저 얼굴을 봤으면서도 말하지 않았던 형제가 있을 수 있다.
당장 이안과 솔론의 표정이 안 좋은 걸 확인했다.

"이 남자 사진은 제일 큰 액자에 뒀더라고."

칸은 그렇게 말하면서 사진을 한 번 더 들여다보았다. 진하
고 반듯하지만 차가운 인상이 풍기는 미남이다.

"남편이 아닌가 싶기도 해. 아니면 애인이거나. 그러니까 이
렇게 제일 큰 액자에 두고 사진을 몇 장이나 뒀겠지."

그의 말에 가만히 듣던 엔지가 물었다.

"가족일 가능성은?"

"전혀 닮지 않았는데."

칸은 단칼에 잘라 말했다.

반면 뱀파이어 소년들은 별말이 없었다. 그들은 흑백사진을 보며 저마다 생각에 잠겨 있었다.

몇몇은 '저게 최종 보스였으면 좋겠다', 혹은 '적이니까 얼굴을 제대로 기억해놔야지'라는 표정이었지만 다른 몇몇은 충격을 애써 감추고 있었다. 헬리는 그 충격의 이유를 안다.

이상한 건, 혹은 흥미로운 건 수하 역시 똑같이 충격을 감추는 표정이라는 거다.

태조, 혹은 최초의 뱀파이어는 벌벌 떠는 트레나를 향해 고개를 숙였다.

"나는 군더더기를 싫어해."

모든 건 명확하고 반듯해야 하며, 흠이 없어야만 했다. 태조가 걸어가는 길은 그래야 했고, 그 최종 목적지 역시 그래야만 했다. 거슬리는 것은 참을 수 없었다. 모조리 도륙하고 치워내고 찍어 내려야만 직성이 풀렸다.

"너도 잘 알지 않니."

트레나는 감히 대답도 하지 못했다. 따다닥, 이가 저절로 부덫치는 소리를 내며 그녀는 필사적으로 버티려 애썼다. 정작 태조가 별다른 일을 하지 않고 가만히 내려만 보고 있어도 그렇게 두려워했다.

트레나, '공주'를 닮은 구석이 하나쯤은 있는 트레나.

어떻게든 그의 눈에 들고 싶어 하지만 그녀는 공주가 아니니 글러먹었다. 이미 글러먹었다.

"그런데 너희가 이미 실수를 하나 저질렀지."

뱀파이어들의 시간으로는 그리 오래되지 않은 일이다. 하지만 인간에게는 상당히 오래된 일이었다.

"어린 것들을 놓쳤지."

그 귀찮은 것들. 꼴도 보기 싫은 것들. 존재한다는 것만으로도 죄초의 뱀파이어인 태조가 얼마나 모자란지 억지로 알게 하는 뱀파이어 로드들.

"나는 아주 관대하게 그 실수를 용서해줬는데, 트레나."

부육원을 싸그리 불태우고 보육원 선생으로 위장한 뱀파이어들을 잔혹하게 죽였다. 그리고 정작 어린 것들을 놓친 놈들을 죽음을 갈구할 만큼 괴롭게 천천히 저며 죽였다. 그쯤이면 태조에겐 상당히 관대한 처사였다.

"그런데 아무래도."

굳이 말하지 않아도 모든 걸 알아차리는 최초의 뱀파이어는 트레나를 물끄러미 내려다보았다.

"너는 그 어린 것들을 놓친 대가를 치르는 중인가 보구나."

화상과 늑대에게 물린 자국 위로 그의 서늘한 눈이 지나갔다.

"그래놓고 나한테 오다니."

또다시 메마른 웃음소리가 쏟아졌다. 오싹한 감각에 트레나는 숨을 제대로 쉬지도 못했다.

"재미있는데. 많이 자랐던가? 전부 확인했어?"

그녀는 대답하려고 애썼다. 하지만 굳어버린 혀는 우스꽝스러운 소리를 자꾸만 내고, 제대로 된 문장을 만들기까지 한참 걸렸다. 트레나는 어쨌든 여러 번 시행착오를 거친 끝에 간신히 대답할 수 있었다.

"세, 셋을 확인……, 했습니다."

스스로를 태조라 일컫는 자는 허리를 펴고 걸음을 옮겼다.

"셋이라. 그럼 반도 못 찾은 거군. 전부 일곱이 아닌가."

"죄송합니다, 정말 죄송합니다. 면목이 없습니다, 다르단님!"

트레나는 무조건 고개를 숙였다.

"트레나."

걸어가던 그는 뒤를 힐끗 넘겨보았다.

"내가 물어봤잖아."

아직 그녀가 대답하지 않은 질문이 하나 있었다.

"아, 10대 소년의 모습을 하고 있었습니다."

"성장기의 모습은 다양하지."

"후반입니다."

하아. 태조 다르단, 시조를 자칭하는 이는 한숨을 쉬고 말았다. 그의 손안에서 늑대인간의 피가 붉게 튀어 올랐다.

"그럼 다 컸군. 공주는 확인했나?"

"아뇨."

"그럼 그 어린 것들이 공주를 찾지 못했다고 일단은 가정해두지."

그럼에도 불구하고 마음에 드는 게 없다. 역시 어릴 때 빨리 죽였어야 했는데, 그것들이 결국 성장하다니.

일곱 중에 셋이 살았다면, 넷은 어떻게 되었을까? 불확실한 게 너무 많았다.

하지만 셋에게 당한 트레나의 몰골만 봐도 셋이 얼마나 강한지 알 수 있었다. 결국 다 성장해서 돌아온 것이다.

"트레나."

퐁, 하고 핏방울이 튀어 올랐다.

"실수는 만회해야 하지 않겠어?"

어두운 석실 안, 공허한 목소리가 울렸다.

🌙

약간의 잠은 뱀파이어 소년들에게 도움이 된다. 체력을 회복하고 의식을 쉬게 하는 순간이니 매우 소중하기도 했다.

보육원에서 아주 어린 시절에 뛰쳐나와 떠돌면서 가끔 지친 듯이 잠들었을 때도 많았다.

잠들 때마다 꿈을 꾼 건 아니었지만, 아마 그때서부터였을 거다. 제멋대로에, 가끔은 짜증이 나다가도 결국엔 정이 갈 수밖에 없는 말괄량이 여자애가 꿈에 나온 건 그때부터였다.

"헬리."

그 여자애를 실제로 만나게 된 건 한참 뒤의 일이었다.

실제로 만난 그녀는 무척 용감했고, 또 밝았다. 신분 때문에 귀하게 자라 여기저기 멋대로 들쑤시고 다니던 공주와는 달리 주눅이 많이 들었고 눈치를 살피기도 했다. 보는 사람은 속상

할 정도로 남의 눈에 띄는 것까지 싫어했다.

"우리 아무래도 저 남자까지 잡아야겠지?"

그녀는 의지가 가득한 눈으로 칸이 잡고 있는 사진을 가리키며 물었다. 눈에는 약간의 두려움과 충격도 섞여 있었다.

"아마도."

저 남자가 '특별한 능력을 가진 여자를 찾아라'는 수색령을 내렸을 거고, 아마도 밤필드 보육원 습격 사건과도 연관이 있겠지. 정황상 그러했다.

헬리는 고개를 끄덕였다. 그는 여전히 기다리는 중이었다. 머뭇거리고 고민하는 수하가 그에게 솔직한 속내를 드러낼 때를 기다리고 있었다. 우연히 스쳐 가는 누군가가 그녀의 속마음을 알게 되는 건 절대 용납할 수 없었다.

그러니 가장 가까이에서 지켜보면서 그녀가 편히 말할 수 있는 상대가 되고 싶었다. 그거라도 되고 싶었다.

"있잖아."

입술이 달싹거리다가 말았다가 한다. 하지만 헬리는 인내심이라면 누구에게도 뒤지지 않았고, 수하는 아주 용기 있는 사람이었다. 그녀는 결국 말하는 데 성공했다.

"그러니까, 너희가 가지고 있는 능력 말이야."

"너도 가지고 있는 능력 말이지."

그녀가 뱀파이어 소년들과 자신은 다르다고 선을 긋길 바라지는 않았던 헬리는 말을 정정했다.

"응."

수하는 고개를 끄덕였다. 레일건에서 돌아오면서 풀어 내린 머리카락이 흩어졌다.

헬리는 그녀의 얼굴을 가리는 머리카락을 조심스럽게 넘겨주었다. 흠칫 놀란 수하는 어깨를 움츠렸지만, 입을 다물지는 않았다.

"그중에 예지하는 것도 있었어?"

"미래를 보는 거 말이야?"

"응. 어떤 방식이든."

수하는 미래에 만날 적을 보았다고 여기고 있었다.

적에 대한 본능적인 거부감과 공포, 불안감이 극대화되어서 꿈에 나타난 게 아닐까?

어차피 레일건 마스터야 미리 보았던 얼굴이니 무의식의 발현이라는 꿈에 나타날 수도 있지만, 저 남자는, '재상', 혹은 '다르단'이라고 불렸던 남자는 아니다. 꿈에 먼저 나타난 뒤에 레일건 마스터의 책상 위에서 사진을 발견했다.

"헬리 너는 생각도 읽으니까……."

미래도 읽지 않냐는 근거 없는 추론에 헬리는 웃었다.

"못 하는데."

순식간에 수하의 눈에 실망이 가득했다. 이러면 안 되는데 너무 재미있다.

"그럼 다른 애들은……."

"그런 능력은 본 적 없어."

그럼 뭐지? 실망이 가득하던 눈에 이제 물음표가 빼곡하게 들어찼다.

"그럼, 있잖아."

여기에서 한 발자국 더 나아가야 했다. 계속해서 '뭐지?' 하고 궁금해하기만 하는 건 싫었다.

"……저 얼굴, 어디서 본 것 같은 느낌이 드는 건, 착각이겠지?"

수하는 칸이 아예 벽에 붙여둔 사진을 힐끗 가리켰다.

"그럴 수도 있고."

헬리는 고개를 끄덕였다. 그는 뭔가를 알고 있는 듯, 수하와는 달리 전혀 흔들리지 않는 눈빛이었다.

"혹은, 이미 예전에 보았는데 기억하지 못하는 것일 수도 있고."

예전에 보았다고? 수하가 퍼뜩 놀라 그를 바라보았다.

"그래서 미래를 보는 게 아니라, 기억하지 못하는 과거를 떠올리는 것일 수도 있지."

묘하게 확신에 들어찬 목소리였다. 그녀를 부드럽게 바라보던 헬리는 별것 아니라는 듯 말했다.

"뭘 좀 먹고 쉬는 게 좋겠다. 푹 자."

푹 잔다고 해서 머릿속이 복잡한 게 괜찮아질 리는 없었지만, 수하는 어쨌든 침대 위에 앉아 있었다.

부루퉁한 얼굴을 하고 예복을 꿰어 입고 얌전히 앉혀졌다. 그럼 또 얼마 후에 사람들이 우르르 들어온다.

그녀는 내밀어지는 손들을 보다가 한숨을 푹 쉬었다.

나도 혼자 걸어갈 수 있거든?

손이 도대체 몇 개람. 하긴 엄마가 걱정된다고 또래 기사를 일곱씩이나 붙여 놨으니 내밀어지는 손도 그만큼 많았다.

그럼 얼른 일어나세요. 늦었는데 왜 굳이 침대에 앉아 계십니까.

헬리 너어는 진짜. 쟤는 진심으로 기사가 맞는 걸까? 아니면 엄마가 몰래 붙여둔 잔소리꾼 겸 그녀를 놀리는 게 취미쯤 되는 나쁜 놈 아닌 걸까? 수하는 발끈해서 침대에서 벌떡 일어났다.

갈 거야! 갈 거라고!

사실은 정말 가기 싫었다. 엄마는 오늘을 무척 고대하고 기다렸다지만 그녀는, 공주는 영 싫었다.

선천적으로 몸이 약하고 걸핏하면 앓아누웠으니 그녀가 환자 취급받은 건 아주 어릴 때부터였다. 그때부터 온갖 약이란 약은 다 먹어봤고, 엄마와 의사들이 시원찮은 약효에 몹시 실망하는 것도 수도 없이 보았다.

그래서 싫었다. 이번에는 특별하다고, 엄마이자 여왕이, 대대로 여왕이 다스리는 이 나라의 후계자를 위해 특별한 패를 꺼내 들었다고는 하지만, 글쎄.

이번에도 실망하면 어쩌려고. 낫지 않으면 진짜 어쩌려고.

엄마가 슬퍼하고 실망하는 건 그녀의 병세에 대한 일이었지만, 그 실망감과 안타까움을 정면으로 봐야 하는 공주는 어쩐지 그게 다 자신의 탓인 것 같은 기분을 떨칠 수가 없었다.

게다가 지금 가는 곳에는 그 꺼림칙한 재상도 있었다. 반들대는 눈으로 한 입으로 두말하는 남자.

생각보다 일찍 나오셨네요.

바깥으로 나가자 한가하게 서 있던 지노가 웃었다.

꼭 그렇게 한마디씩 보태야겠어?

공주가 너희가 기사가 맞냐는 표정으로 물었지만 지노는 태연하게 고개를 끄덕였다.

예. 그냥 지나가자니 아쉽잖습니까.

너네가 그러고도 내 기사냐!

그럼요. 충실한 기사지요, 약 먹는 날에도 게으르신 공주님.

난 게으른 게 아냐!

그럼 약 먹기 싫어하시는 공주님.

안다. 이들이 굳이 그녀를 아침부터 놀리는 건 그녀의 저조한 기분을 풀어주기 위해서다. 다른 곳으로 시선을 돌리고 걱정하는 것마저 잊게 해주기 위해서라는 걸 잘 안다.

하지만 씩 웃는 저 얼굴들이 얄미울 때는 어마어마하게 얄밉다. 두고 봐.

이번에 약 먹고 나으면 너네부터 나 잘라버릴 거야.

반은 진심이고 반은 농담으로 씩씩하게 말했다.

와, 그거야말로 우리가 바라는 건데. 제발 그래주세요, 제발.

그녀의 곁에 자연스럽게 붙어 경호하면서도 자카가 대꾸했다.

애네 다 진짜 짜증 난다. 아니, 짜증 나는 건 힘이 들어가지 않고, 간밤에도 크게 앓아 제대로 말을 듣지 않는 몸이었다.

아프면 모든 게 다 예민해지고 힘든 법. 공주는 어릴 때부터 지금까지 이렇게 묵직하고 여기저기 아픈 몸을 질질 끌며 살아왔다. 가끔은 그녀의 또래인 기사들이 건강한 게 몹시 부럽고, 질투가 나기도 할 정도였다.

그랬기에 이번에도 실망하고 싶지 않았다. 헛된 기대도 하지 않을 거다. 상처받는 게 두려우니까. 공주는 신전 입구를 보며 또 싫은 표정을 지을 수밖에 없었다.

얼른 드시고 함께 나가시지요.

그녀는 고개를 들었다. 허리를 슬쩍 숙여 눈높이를 맞춘 헬리가 부드럽게 말했다.

오늘은 볕이 좋아서 나들이하기가 좋습니다.

공주님은 밖에 나가시면 안 된다고 그녀가 몰래 나가는 족족 제일 빠르게 잡아 오던 사람이 이러니 굉장히 기분이 이상하다.

　아, 이건 꿈이구나.

　수하는 그제야 어렴풋이 깨달았다. 이건 또 새로운 꿈이었
다.

〈DARK MOON: 달의 제단〉 4권 끝

DARK MOON 4

달 의 제 단

WITH **ENHYPEN**

2023년 12월 20일 초판 1쇄 발행

기획/제작 | HYBE
공동기획 | WEBTOON

발 행 인 | 정동훈
편 집 인 | 여영아
편집국장 | 최유성
편   집 | 양정희 김지용 김혜정 김서연
디 자 인 | DESIGN PLUS

발 행 처 | (주)학산문화사
등   록 | 1995년 7월 1일
등록번호 | 제3-632호
주   소 | 서울특별시 동작구 상도로 282 학산빌딩
편 집 부 | 02-828-8988, 8836
마 케 팅 | 02-828-8986

ISBN 979-11-411-2009-2 03810
ISBN 979-11-411-2005-4 (세트)

값 9,800원